W0385142

Black Rose Alice

SHINSOBAN KUROBARA ALICE Vol. 4
by Setona MIZUSHIRO

Original Japanese edition published by SHOGAKUKAN.
French translation rights in France, Monaco and French speaking Belgium, Luxembourg, Switzerland and Quebec in Canada
arranged with SHOGAKUKAN through VME PLB SAS.
Original cover design : Saaya NISHINO + Bay Bridge Studio

Dépôt légal : mai 2024.
I.S.B.N. : 978-2-38212-678-3
Première édition
Akata – 5, place Georges Bonnet – 87290 Rancon (France)

Traduction : Alexandre Goy
Lettrage : Audrey Martor
Logo et maquette de couverture : Tom "spAde" Bertrand (Blackstudio)

Imprimé en Espagne en mars 2024 par Novoprint.
Diffusion : Interforum

Akata Éditions
www.akata.fr
www.akazoom.fr

Publié d'abord dans le magazine *Gekkan Princess*, entre juillet et novembre 2009.

静寂館
BLACK ROSE ALICE – TOME 4, FIN

COMMENT IL S'APPELLE DÉJÀ ...
CE MORCEAU ?
... "PAVANE POUR UNE INFANTE DÉFUNTE" ?
OUI, C'EST ÇA
GRANDE AVENUE SHIBUYA
♪
♪

CHOISIS QUELQU'UN ...
JE SUIS SÛRE QUE TU NE LE REGRET-TERAS PAS
DONT TU ES SINCÈREMENT AMOUREUSE
109
THE PRADA
静寂館
shijima-kan

静寂館
shijima-kan
CRUIIH
ALICE ?
ALICE …
ÇA VA ?
C'EST BON !
PARDON …
J'AI BESOIN D'ÊTRE SEULE

PLAF
TU N'ES ...
QU'UN PLAY-BOY ! UN MOINS QUE RIEN !!
IL N'Y A RIEN DE PLUS ABJECT ...
QUE DE VOULOIR PROFITER D'UN MOMENT DE DÉTRESSE POUR SÉDUIRE QUELQU'UN !

MAIS JE T'AIME ...

TU AS PEUR ...
ALICE ?
C'EST À TOI DE DÉCIDER SI ...
KAI, REIJI OU MOI MÉRITONS VRAIMENT UN TEL SACRIFICE. RIEN NE TE FORCE À CONTINUER
TU DOIS ME CROIRE
QUEL QUE SOIT TON CHOIX, TU DOIS SAVOIR UNE CHOSE
JE NE SUIS PEUT-ÊTRE PAS DIGNE DE TOI ...

ELLES EXCLURONT D'OFFICE TOUS CEUX QUI ONT COMMIS UN SUICIDE
SEUL UN FORT INSTINCT DE SURVIE, MÊME DANS LA MORT ...
VOUS QUALIFIE POUR RENAÎTRE SOUS LA FORME D'UN VAMPIRE
PARMI TOUTES CES GRAINES ...
PEU D'ENTRE ELLES, FINALEMENT, PARVIENDRONT À DÉNICHER LE CADAVRE IDÉAL ET À S'Y IMPLANTER SANS ENCOMBRE
POURTANT ...
C'EST SUFFISANT POUR ASSURER UN AVENIR À NOTRE ESPÈCE
CE CORPS QUI EST LE TIEN AUJOURD'HUI EST PARTICULIER. IL ÉTAIT DESTINÉ À RECEVOIR LA SEMENCE D'UN VAMPIRE
LORSQUE TON TOUR VIENDRA, TU DONNERAS NAISSANCE À DES GRAINES PLUS FORTES ET PLUS NOMBREUSES
CE SERA UN SPECTACLE INCOMPARABLE AVEC CE QUE TU VIENS DE VOIR

AKIKO... ELLE AUSSI EST ICI... N'EST-CE PAS ?
...
JE NE SAIS PAS COMMENT TU AS APPRIS SON EXISTENCE ...
MAIS OUI ...
AKIKO EST ICI ...
FIGÉE AU MILIEU DE CETTE FORÊT
SA DÉPOUILLE ...
GÎT SOUS LE COUVERT DES ARBRES
CACHÉE QUELQUE PART, À LA VUE DE TOUS
CHANGÉES EN PAPILLONS, LES GRAINES ONT PRIS LEUR ENVOL À LA RECHERCHE DE CADAVRES
DURANT LES PROCHAINS MOIS, ELLES S'EFFORCERONT DE TROUVER LE MÂLE LE PLUS À MÊME DE SE REPRODUIRE À SON TOUR ...
VOLANT SANS DISCONTINUER, JUSQU'À L'ÉPUISEMENT

...
ALICE ?
ALICE ...
TU PLEURES ?

FRA

FLA
FLA
FLA
FLA
AH

CRAC
CRUC
SROUF
CRUF

SHRIF
CRIC
CRIC
CRUP
CRIP
SHRAC
CRAC

FROUSHHH
TÔKO ...
TÔKO ?
...

ADIEU
OU PEUT-ÊTRE À BIENTÔT ...
CLAC
CRUIIIH

VOUS PARTEZ ?
OUI
MERCI POUR TOUT
C'EST NOUS QUI VOUS REMERCIONS...
J'AI OUVERT LE PORTAIL MENANT AU BOIS, DERRIÈRE LA RÉSIDENCE
JE VOUS Y EMMÈNE ?
NON
ALICE M'ACCOMPAGNE
ADIEU

ALICE ...
JE SAIS QUE TU AS TENDANCE À BEAUCOUP RÉFLÉCHIR ...
MAIS CROIS-MOI, TU DEVRAIS OPTER POUR CELUI QUE TU AIMES
MÊME S'IL N'EST PAS PARFAIT ...
CHOISIS QUEL-QU'UN ...
DONT TU ES SINCÈREMENT AMOUREUSE
JE SUIS SÛRE QUE TU NE LE REGRETTERAS PAS

QU'EST-CE QUI SE PASSE ?
?

...
TÔKO ?

BIEN SÛR
JE SERAI LÀ... JUSQU'AU BOUT
ALORS C'EST POUR ÇA QUE LÉO A TOUT ARRANGÉ...
ET QUE TÔKO A ACCEPTÉ DE SE PORTER VOLONTAIRE...
POUR QUE JE PUISSE LE VOIR DE MES PROPRES YEUX

PARDON...
ON DIRAIT QUE MA VUE CONTINUE DE BAISSER
NE T'INQUIÈTE PAS, JE M'EN OCCUPE
ELLE VOIT DE MOINS EN MOINS BIEN...
ET DORT TOUJOURS PLUS LONGTEMPS
ALICE...
TU VOUDRAS BIEN ÊTRE LÀ POUR MOI, À LA FIN ?
SI TU AS TROP PEUR, JE COMPRENDRAIS...

JE NE PENSE PAS QUE CE SOIT À CAUSE DE MOI, MAIS ...
ON DIRAIT ...
DE LA JALOUSIE
C'EST PEUT-ÊTRE PARCE QUE DIMITRI A TOUJOURS FAVORISÉ LÉO ?
LE CERNE DE TÔKO S'ÉTIRE DE JOUR EN JOUR ...
ET SON BESOIN DE SÈVE SE FAIT PLUS PRESSANT
AH !
PLASH

GRÂCE AU TEMPS QUE LUI A DONNÉ LÉO, TÔKO A PU ÉTABLIR UN CONTRAT ...
ACCORDANT À DIMITRI LES DROITS D'AUTEUR DE SES TROIS ROMANS
TÔKO A INSISTÉ POUR LE FAIRE AFIN D'ASSURER L'AVENIR DES VAMPIRES ET DES DESCENDANTS DE LÉO
DIMITRI A SALUÉ LE GOÛT SÛR DE LÉO EN MATIÈRE DE FEMMES ...
MAIS KAI ET REIJI NE M'ONT PAS SEMBLÉ TRÈS À L'AISE AVEC ÇA
TANT QUE LÉO ÉTAIT LÀ POUR ASSURER LA COHÉSION DU GROUPE, JE NE L'AVAIS PAS REMARQUÉ ...
MAIS ENTRE LES JUMEAUX ET DIMITRI, UN FOSSÉ SEMBLE S'ÊTRE CREUSÉ

MAIS CE N'EST PEUT-ÊTRE PAS PLUS MAL ...
MA RESPONSABILITÉ, C'EST DE SÉLECTIONNER UN MÂLE DE FAÇON RIGOUREUSE
ET C'EST EXACTEMENT POUR ÇA QUE DIMITRI M'A CHOISIE ...
JE COMPRENDS... TU AS TON RÔLE À JOUER ET TA PROPRE FAÇON DE FAIRE. JE VAIS DONC ARRÊTER LÀ, POUR LES CRITIQUES
APRÈS TOUT, ÇA NE ME REGARDE PAS. JE SUIS ICI UNIQUEMENT PARCE QUE JE N'AI PAS EU LE CHOIX
POURTANT ...
J'AI VRAIMENT APPRÉCIÉ LA COMPAGNIE DE LÉO
MÊME SI NOUS N'AVONS PAS EU L'OCCASION DE PASSER ÉNORMÉMENT DE TEMPS ENSEMBLE ...
DANS DES CIRCONSTANCES PLUS... NORMALES, J'AURAIS PU TOMBER AMOUREUSE DE LUI

JE VEUX DIRE... QUI NE GAGNERAIT PAS EN ASSURANCE AVEC UN PHYSIQUE PAREIL ?!
C'EST VRAI
IL SUFFIT PARFOIS DE CHANGER DE COUPE OU DE STYLE VESTIMENTAIRE POUR VOIR LES CHOSES DIFFÉREMMENT
MAIS TOUT AU FOND DE MOI, JE RESTE LA MÊME ...
J'AI TOUJOURS PEUR D'ÊTRE DÉÇUE, D'ÊTRE BLESSÉE
DE M'EMBALLER TROP VITE ET DE FINIR HUMILIÉE, PAR MA PROPRE FAUTE
C'EST POUR ÇA QUE J'AI TOUJOURS EU DES A PRIORI NÉGATIFS SUR LES HOMMES OU SUR L'AMOUR EN GÉNÉRAL
J'AI DU MAL À ÊTRE INSOUCIANTE ...
ÇA, ÇA N'A PAS CHANGÉ

PSHH...
À QUOI TU PENSES ?
JE ME DISAIS EXACTEMENT LA MÊME CHOSE, AUTREFOIS
MAIS AUJOURD'HUI ...
JE SUIS UNE FEMME DIFFÉRENTE
DEPUIS QUE JE SUIS DANS CE CORPS ...
J'AI L'IMPRESSION DE POUVOIR DIRE ET FAIRE DES CHOSES QUE JE N'OSAIS PAS TENTER JUSQU'À PRÉSENT
JE PENSAIS QUE J'ÉTAIS DEVENUE MOINS RIGIDE

PSHHHH
AH BON ? POURQUOI ? À CAUSE DE SON CÔTÉ DON JUAN ?
PAS SPÉCIALEMENT… CE N'EST PAS COMME SI CETTE RELATION ALLAIT DURER POUR LA VIE
C'EST MÊME PLUTÔT UN BON POINT, ÇA VEUT DIRE QU'IL EST… EXPÉRIMENTÉ
MAIS EN TANT QU'INDIVIDU, JE LE TROUVE INSUPPORTABLE
AVEC LUI …
JE N'ARRIVE PAS À RESTER CALME
FOU SHH
JE NE SUIS PAS COMME ÇA, D'HABITUDE
IL A LE CHIC POUR ME METTRE HORS DE MOI, OU POUR ME DONNER L'IMPRESSION D'ÊTRE UNE PARFAITE IMBÉCILE
À CHAQUE FOIS, SANS M'EN RENDRE COMPTE, JE RENTRE DANS SON JEU …
IL FAUT DIRE QU'IL SAIT COMMENT MANIPULER LE CŒUR DES FEMMES. IL A EU PLUS DE CENT ANS POUR SE PERFECTIONNER
C'EST VRAIMENT L'IMAGE QUE JE ME FAISAIS D'UN CHANTEUR D'OPÉRA. QUELQU'UN À QUI IL SUFFIT D'OUVRIR LA BOUCHE POUR ME TROUBLER
MÊME SI JE SAIS… QUE JE NE DOIS PAS LE PRENDRE AU SÉRIEUX …
SINON JE PASSERAIS POUR UNE IDIOTE …
…

ÇA NOUS APPRENDRA À ÉCOUTER UNE CONVERSATION DE FILLES
OUAIS
OUAIS
ELLE SAIT PARFAITEMENT QUE SES JOURS SONT COMPTÉS …
ET POURTANT, TÔKO DISCUTE ET RIT COMME SI DE RIEN N'ÉTAIT
ALORS, DIS-MOI, ALICE …
TU AS UNE PETITE IDÉE DE QUI TU VAS CHOISIR ?
NON … PAS DU TOUT
CE SONT TOUS LES TROIS DES PARTENAIRES IDÉAUX …
DU COUP …
J'AURAIS … TOUT AUSSI BIEN PU CHOISIR LÉO
ET …
LEQUEL D'ENTRE EUX TE PLAÎT LE MOINS ?
DIMITRI
PAR CERTAINS CÔTÉS, ELLE RESSEMBLE UN PEU À LÉO

ET ...
JUSTEMENT, ÇA SE PASSE... COMME AVEC UN HUMAIN ?
OUI, C'EST À PEU PRÈS LA MÊME CHOSE
MAIS CONTRAIREMENT À UN HOMME NORMAL, SA [redacted] EST [redacted] DU COUP QUAND [redacted] ÇA [redacted]
AH... ET TU CROIS QUE C'EST POUR TOUS LES VAMPIRES PAREIL ?
J'IMAGINE QUE OUI ...
EN TOUT CAS, LÉO S'EST MONTRÉ PARTICULIÈREMENT HABILE
ON DEVINE QU'IL A EU DE NOMBREUSES EXPÉRIENCES DANS SA VIE PRÉCÉDENTE
JE M'EN DOUTE. IL DEVAIT AVOIR DU SUCCÈS ...
Il était mannequin
DÉCIDÉMENT, IL ÉTAIT DOUÉ POUR TOUT !
TU REGRETTES DE NE PAS L'AVOIR CHOISI, AVOUE !
HU HU
HA HA HA !
LES JUMEAUX SONT PLUTÔT MIGNONS, MAIS J'AI DU MAL À LES ENVISAGER DE CETTE FAÇON ...
DES MEMBRES RESTANTS, C'EST CERTAINEMENT DIMITRI LE PLUS EXPÉRIMENTÉ
OUI... MAIS LUI, AU CONTRAIRE, C'EST TYPIQUEMENT L'HOMME UN PEU TROP SÛR DE LUI, TROP HABITUÉ À PRENDRE LES CHOSES EN MAIN ...
À en faire des tonnes ...
OH QUE OUI ! LE GENRE PERSUADÉ QUE TOUT LUI EST DÛ !
HA HA HA HA

Black Rose Alice
CHAPITRE 19
CHEZ LES VAMPIRES, IL N'Y A QUE DES MÂLES
CE N'EST QUE DURANT LA PROCRÉATION QUE LES FEMMES ENTRENT EN JEU ET SE CHANGENT ELLES AUSSI EN VAMPIRES, POUR UN TEMPS
ELLES PORTENT EN ELLES LES GRAINES QUI DONNERONT NAISSANCE À UNE NOUVELLE GÉNÉRATION
LÉO S'EST EXCUSÉ AUPRÈS DE MOI D'AVOIR PRÉCIPITÉ LES CHOSES. D'APRÈS LUI, ÇA AURAIT PU DURER TOUTE UNE JOURNÉE, SI ON L'AVAIT VOULU
C'ÉTAIT TELLEMENT BIZARRE COMME DÉCLARATION, JE N'AI PAS PU M'EMPÊCHER DE RIRE

TU AS VRAIMENT LA GROSSE TÊTE ! C'EST POUR ÇA QUE TU N'ES TOUJOURS PAS PASSÉE À L'ÉTAPE SUPÉRIEURE !
Les vampires auront tous disparu avant que tu aies fait ton choix !
GNIP
ALICE SE FAIT DÉFONCER !
IL FAUT QUE TU VOIES ÇA !
ALICE SE FAIT QUOI ?
FLAH
JE COMPRENDS QUE LA SITUATION SOIT DIFFICILE, MAIS TU RÉFLÉCHIS TROP ET TU OUBLIES L'ESSENTIEL !
RAPPELLE-TOI QUE NOUS SOMMES TOUTES ET TOUS DES ANIMAUX, À LA BASE. LAISSE LIBRE COURS À TON INSTINCT !
MAIS CE N'EST PEUT-ÊTRE PAS PLUS MAL
LE CADEAU QUE LÉO M'A LAISSÉ EST REDOUTABLE ...
JE... OUI ...
ÇA FAISAIT LONGTEMPS QUE JE N'AVAIS PAS PU PARLER À CŒUR OUVERT AVEC UNE AUTRE FEMME

EN TEMPS DE PAIX, LES GENS ONT TENDANCE À SE REPLIER SUR EUX-MÊMES. PERSONNE NE VOIT PLUS L'INTÉRÊT DE DONNER DE SA PERSONNE OU DE SE METTRE EN DANGER POUR LES AUTRES !
FAIRE L'AMOUR, PORTER UN ENFANT ET LE METTRE AU MONDE, C'EST PRENDRE DES RISQUES, NOTAMMENT POUR UNE FEMME !
LE RÔLE D'UN MÂLE, C'EST DE TROUVER LE MOYEN DE FAIRE SORTIR LA FEMELLE DE SA ZONE DE CONFORT EN SUSCITANT DU DÉSIR CHEZ ELLE !
SACRÉ SENS DE LA FORMULE...
EUH...
PEUT-ÊTRE, MAIS... JE...
JE PORTE QUAND MÊME L'AVENIR DES VAMPIRES SUR MES ÉPAULES !
MON RÔLE, C'EST DE SÉLECTIONNER LE MEILLEUR MÂLE POSSIBLE !
JE NE PEUX PAS ME CONTENTER DE CHOISIR EN FONCTION DE CHOSES AUSSI INSIGNIFIANTES QUE L'AFFECTION OU LE DÉSIR DE CHACUN !
"DES CHOSES INSIGNIFIANTES" ?!
TU CROIS SANS DOUTE AGIR DE FAÇON INTELLIGENTE...
MAIS LA RÉALITÉ, C'EST QU'EN ÉTOUFFANT DÉLIBÉRÉMENT TES INSTINCTS, EN TANT QUE FEMELLE, TU METS EN PÉRIL TOUTE L'ÉCHELLE DE L'ÉVOLUTION !

DONC, AVEC LUI, TU GARDAIS LA TÊTE FROIDE ...
ÇA SIGNIFIE QUE TOUS SES EFFORTS POUR TE SÉDUIRE N'ONT PAS SUFFI À TE METTRE EN CONDITION POUR LE COÏT
LE COÏT ?!
DANS CE CAS, IL N'Y AVAIT RIEN À FAIRE ...
IL N'Y A PAS DE LOGIQUE LÀ-DEDANS
Pauvre Léo
QU'EST-CE QUE C'EST QUE CES HISTOIRES ?!
ATTENDEZ UN PEU !!
VOUS PARLEZ DE... DE COÏT, COMME SI ON ÉTAIT DES ANIMAUX !!
OUI, LES HUMAINS SONT DES ANIMAUX COMME LES AUTRES ...
ET LEUR BUT EST DE PARVENIR AU COÏT AVEC LEUR PARTENAIRE
?

J'AI REPOUSSÉ LÉO. J'AI REFUSÉ... D'EXAUCER SON VŒU
ALORS JE SUIS TRÈS MAL PLACÉE POUR DÉTERMINER LA NATURE DE SES SENTIMENTS POUR MOI
AH ...
JUSTEMENT, JE VOULAIS TE DEMANDER ...
DU PEU QUE JE L'AI CONNU, LÉO NE M'A PAS SEMBLÉ AVOIR BEAUCOUP DE DÉFAUTS
QU'EST-CE QUI NE TE PLAISAIT PAS CHEZ LUI, EXACTEMENT ?
EH BIEN ...
CE N'EST PAS QU'IL NE ME PLAISAIT PAS ...
C'EST JUSTE ...
QUE JE NE M'ATTENDAIS PAS À CE QU'IL MEURE SI VITE
SI J'AVAIS SU, LES CHOSES AURAIENT ÉTÉ DIFFÉRENTES
S'IL FALLAIT QUE CE SOIT UNE QUESTION DE VIE OU DE MORT ...
POUR TE DÉCIDER À LE PRENDRE COMME PARTENAIRE, C'EST BIEN QUE QUELQUE CHOSE NE COLLAIT PAS, NON ?
NON, C'EST FAUX !
JE... JE N'AVAIS PAS ENCORE EU L'OCCASION DE CONSIDÉRER LES AUTRES CANDIDATS, C'EST TOUT !
JE TENAIS À FAIRE UN CHOIX... RÉFLÉCHI

NON, VOUS ...
VOUS ÊTES BIEN PLUS QUE ÇA, NE DITES PAS DES CHOSES PAREILLES !
JE NE SUIS PAS EN TRAIN DE ME DÉVALORISER
EN RÉALITÉ, JE DEVRAIS DÉJÀ ÊTRE MORTE, À L'HEURE QU'IL EST ...
SANS AVOIR RÉUSSI À TERMINER MON ROMAN
LÉO M'A PERMIS DE L'ACHEVER ...
ALORS J'ESSAYE SIMPLEMENT DE FAIRE TOUT CE QUE JE PEUX POUR LUI
C'EST TOUT ...
NOUS AVIONS BESOIN L'UN DE L'AUTRE POUR ACCOMPLIR QUELQUE CHOSE
C'EST CE QUI NOUS A RÉUNIS
MAIS LÉO N'AVAIT D'YEUX QUE POUR TOI
MAIS... JE NE ...
QUOI ?! TU NE PARTAGEAIS PAS SES SENTIMENTS ?
CE N'EST PAS ÇA ! JE ...

BON-JOUR
DÉSOLÉE D'AVOIR SEMÉ LA DISCORDE ...
Trop chou ♡
NON... C'EST À MOI DE M'EXCUSER
J'AI HONTE... D'AVOIR FAIT UN SCANDALE
J'AI UN DERNIER MESSAGE, DE LA PART DE LÉO ...
À TE TRANSMETTRE ...
QUOI ?
IL VOULAIT QUE TU PRENNES LE TEMPS DE CONSIDÉRER SOIGNEUSEMENT CE QUI ATTEND CELLES QUI FONT LE CHOIX DE S'UNIR À UN VAMPIRE
ET SI, MALGRÉ TOUT, TU ES RÉSOLUE À PRENDRE L'UN DE SES CAMARADES POUR PARTENAIRE, IL ÉTAIT IMPORTANT POUR LUI DE TE RAPPELER CECI ...
"SI TU AS LA MOINDRE HÉSITATION, SACHE QUE TU POURRAS TOUJOURS REFUSER"
IL M'A ENVOYÉE ICI POUR SERVIR DE MODÈLE À NE PAS SUIVRE ...
COMME UN CADEAU D'ADIEU, POUR TOI
C'ÉTAIT VRAIMENT QUELQU'UN D'ATTENTIONNÉ. ENFIN... SURTOUT ENVERS CELLE QU'IL AIMAIT
HU HU

JE PEUX COMPTER SUR VOUS, N'EST-CE PAS ?
C'EST POUR CELA QUE JE SUIS REVENU
LAISSEZ-MOI ...
ME REPRODUIRE AVEC VOUS

ALORS ?
MES FAMILIERS VOUS ONT ÉTÉ UTILES ?
HUM
TANT MIEUX
MAIS J'AURAIS BESOIN ...
D'ENCORE UN PEU DE TEMPS
JUSTE UN PEU
RIEN QUE ...
DE QUOI FINIR MON TRAVAIL
COMBIEN ?
CINQ JOURS ...
OU MÊME TROIS ...
JE PEUX VOUS FOURNIR BIEN PLUS QUE CELA, TÔKO
SI VOUS ACCEPTEZ MON OFFRE, JE PEUX VOUS DONNER UN MOIS SUPPLÉMENTAIRE, LIBÉRÉE DE LA DOULEUR ET DE LA MALADIE
MAIS PASSÉ CE DÉLAI ...
VOUS MOURREZ

CE SERA FACILE...
IL ME RESTE
À PEINE TROIS
SEMAINES À VIVRE
KEUF
...

C'EST BIEN LA PREMIÈRE FOIS... QU'ON ME FAIT CETTE REMARQUE ...
PERSONNE N'IRAIT PENSER QUE JE ...
MAIS C'EST LA VÉRITÉ, N'EST-CE PAS ?
NE LE DITES PAS AUX AUTRES, S'IL VOUS PLAÎT
C'EST D'AC-CORD
SI VOUS PRÉFÉREZ GARDER ÇA SECRET, JE L'EMPORTERAI DANS MA TOMBE

PARDON
DIMITRI ET REIJI SE SONT UN PEU ...
DISPUTÉS AVEC ALICE
ALORS C'EST MOI QUI AI ÉTÉ DÉSIGNÉ ...
ENFIN... CE QUE JE VEUX DIRE C'EST ...
QUE CE SOIT VOUS OU DIMITRI, ÇA NE CHANGE RIEN POUR MOI
...
ELLE NE LE SAIT PAS ENCORE ?
QUOI ?
QUE VOUS ÊTES AMOUREUX D'ELLE

JE N'AI PLUS DE FORCE …
OÙ EST DIMITRI ?
IL EST …
JE …
JE LE REMPLACE
QUOI ?
DÉSOLÉ
ÇA VOUS DÉGOÛTE …
DE BOIRE MA SÈVE ?
NON …
À MES YEUX, SEUL LÉO COMPTAIT VRAIMENT, DE TOUTE FAÇON

LAISSONS NOTRE REINE PRENDRE UNE DÉCISION ...
ALORS ...
QUELQU'UN DOIT LA NOURRIR, OÙ SES GRAINES FINIRONT PAR SE VIDER DE LEUR ÉNERGIE ET POURRIRONT
QUI DOIT S'EN OCCUPER ?
...

ALICE ...
PARDON DE T'AVOIR POUSSÉE À BOUT ...
JE M'ABSTIENDRAI D'EMBRASSER TÔKO, À L'AVENIR
CE... CE N'EST PAS CE QUE JE TE DEMANDE !
JE SAIS
JE FAIS CE CHOIX EN MON ÂME ET CONSCIENCE
ELLE NE RECEVRA PLUS DE SÈVE DE MA PART
JE LAISSE CE RÔLE À UN AUTRE
MAIS ...
CE NE SERA PAS MOI, EN TOUT CAS ! JE REFUSE DE M'EN CHARGER !!
SI TU M'Y OBLIGES, JE LUI FERAI BOIRE DU SANG DIRECTEMENT À MON POIGNET !
NON !
S'IL TE PLAÎT, NE ...

FRU-

ÉCOUTE-MOI ...
NON !
NE ME TOUCHE PAS !!
PLAF
C'EST AFFREUX ...
QU'EST-CE QUI ME PREND ?
ALICE ...
J'EN AI ASSEZ ...
JE DÉTESTE CETTE SENSATION
JE T'INTERDIS DE ME JETER CE REGARD !
POURQUOI ?!
J'AI HORREUR DE ÇA !
JE TE DÉTESTE !!

JE NE PEUX PAS TE FAIRE CONFIANCE !!
JE SERAIS VRAIMENT STUPIDE DE CROIRE TOUT CE QUE TU ME DIS !!
QU'EST-CE QUE TU VEUX DIRE ?
EST-CE QUE JE T'AI DÉJÀ MENTI, NE SERAIT-CE QU'UNE SEULE FOIS ?
ALICE ...
S'IL TE PLAÎT, REGARDE-MOI
JE SUIS À BOUT DE NERFS ...
ET J'AI L'ESPRIT CONFUS ...
POURQUOI ?
POURQUOI EST-CE QUE JE M'EMPORTE AUTANT ?
ALICE ?

EN CE MOMENT, C'EST TOI QUI FAIS TOUT POUR M'ÉNERVER, ALICE
TU VAS LUI LÂCHER LA MAIN, OUI ?!
JE TE L'AI DIT, TU COMPTES BEAUCOUP POUR MOI
JE VAIS DEVOIR TE LE RÉPÉTER CHAQUE JOUR ?!
OÙ BIEN EST-CE ...
TA FAÇON DE RÉPONDRE À MES SENTIMENTS ?

JE TE SIGNALE QUE JE NE SUIS PAS UN INSECTE ! JE SUIS UN ÊTRE HUMAIN !!
RAISON DE PLUS ...
TU NE SUPPORTES PAS QUE JE L'EMBRASSE, C'EST ÇA ?
JE N'AI JAMAIS DIT ÇA ! TU PEUX BIEN FAIRE CE QUI TE CHANTE !
MAIS TU POURRAIS AU MOINS TE CONDUIRE CONVENABLEMENT ...
C'EST-À-DIRE ?
ÉVITER... DE T'EXPOSER À LA VUE DE TOUT LE MONDE, PAR EXEMPLE !
JE SUIS SÛRE QUE MÊME TÔKO EST GÊNÉE, PARFOIS
JE VOIS ...
TU PRÉFÈRES QUE JE L'EMBRASSE LOIN DE TOI
POURQUOI TU ESSAYES TOUJOURS DE ME POUSSER À BOUT ?!

ALICE …
SI QUELQUE CHOSE TE TRACASSE, J'AIMERAIS QUE TU LE DISES CLAIREMENT
CE NID EST LE TIEN
TU ES LA REINE DE NOTRE CLAN
TES DÉSIRS DOIVENT ÊTRE RESPECTÉS. JE NE VEUX RIEN FAIRE QUI PUISSE TE CONTRARIER
QUE CE NID SOIT LE MIEN OU NON …
PEU IMPORTE, VOUS N'AVEZ PAS À VOUS SOUCIER DE MOI
AVANT TOUT, VOUS DEVEZ PRENDRE SOIN DES GRAINES DE LÉO… ET DE TÔKO
CHEZ LES ABEILLES, PAR EXEMPLE, IL NE PEUT Y AVOIR QU'UNE SEULE SOUVERAINE
LORSQU'UNE NOUVELLE REINE APPARAÎT ET QUE SON CHEMIN CROISE CELUI DE LA PRÉCÉDENTE …
ELLES SE BATTENT JUSQU'À CE QUE L'UNE D'ENTRE ELLES SOIT CHASSÉE OU TUÉE
PEUT-ÊTRE, MAIS IL Y A UNE MAUVAISE AMBIANCE
ET ALORS, QU'EST-CE QUE ÇA PEUT FAIRE ?!
TOUT CE QUI AGACE LES ANIMAUX ET LES INSECTES AGACE AUSSI LES ÊTRES HUMAINS, C'EST NORMAL

SI TU AS QUELQUE CHOSE À ME DIRE, FAIS-LE ICI
BIEN ...
DANS CE CAS ...
REIJI, LAISSE-NOUS, S'IL TE PLAÎT
JE VOIS ...
PUISQUE TU INSISTES, JE PARLERAI EN SA PRÉSENCE ...

CE N'EST PAS TOI QUI ME DISAIS QU'IL FALLAIT DISSOCIER RELATIONS PHYSIQUES ET SENTIMENTS ?
GRUB
SI, C'EST VRAI ...
MAIS SI J'AI LE CHOIX, JE PRÉFÈRE LARGEMENT M'ABSTENIR !!
ALICE ...
J'AIMERAIS TE PARLER, SEUL À SEUL
TU VEUX BIEN M'AC-COMPAGNER UNE MINUTE ?
NON

A...
ALICE ?
ÇA VA ?
OUI, C'EST RIEN ...
ÇA VA
MÊME SI J'APPRÉCIERAIS QU'ILS NE FASSENT PAS ÇA DEVANT TOUT LE MONDE ...
NE VOUS PRÉOCCUPEZ PAS DE MOI
LE PLUS IMPORTANT EN CE MOMENT, C'EST DE PRENDRE SOIN DE TÔKO
ET PUIS... J'AI L'HABITUDE DE VOIR DIMITRI JOUER À CE PETIT JEU
JE NE SUIS PAS TRÈS DOUÉ POUR CACHER MES ÉMOTIONS. JE PENSE QUE, SI JE DEVAIS ME FORCER ...
TÔKO S'EN RENDRAIT COMPTE IMMÉDIATEMENT, ET JE NE VOUDRAIS PAS QU'ELLE SE SENTE MAL À CAUSE DE MOI
OUI ...
ÇA NE ME PLAÎT PAS BEAUCOUP, MOI NON PLUS ...
JE VEUX BIEN FAIRE TOUT CE QU'IL FAUT POUR L'AIDER, MAIS... JE REFUSERAIS D'EMBRASSER QUELQU'UN QUE JE N'AIME PAS

JE VOULAIS FINIR MON ROMAN ...
ET METTRE DE L'ORDRE DANS MES AFFAIRES AVANT DE VENIR ICI
MAIS AU BOUT D'UNE SEMAINE ...
J'AI COMMENCÉ À AVOIR DE TERRIBLES VERTIGES ...
GRÂCE À VOTRE SÈVE, JE ME SENS BEAUCOUP MIEUX
MAIS JE M'INQUIÈTE POUR LA SANTÉ... DES GRAINES
J'ESPÈRE QUE TOUT IRA BIEN ...
NE VOUS INQUIÉTEZ PAS
VOTRE CORPS ABRITE SANS DOUTE PLUSIEURS GRAINES
IL N'Y A PAS LIEU DE S'ALARMER
IL VOUS SUFFIT DE RESTER TRANQUILLE, DE PRENDRE RÉGULIÈREMENT LE SOLEIL ...
ET DE NOUS LAISSER NOUS OCCUPER DE VOUS
JUSQU'AU JOUR OÙ, ENFIN, LES GRAINES SE RÉPANDRONT

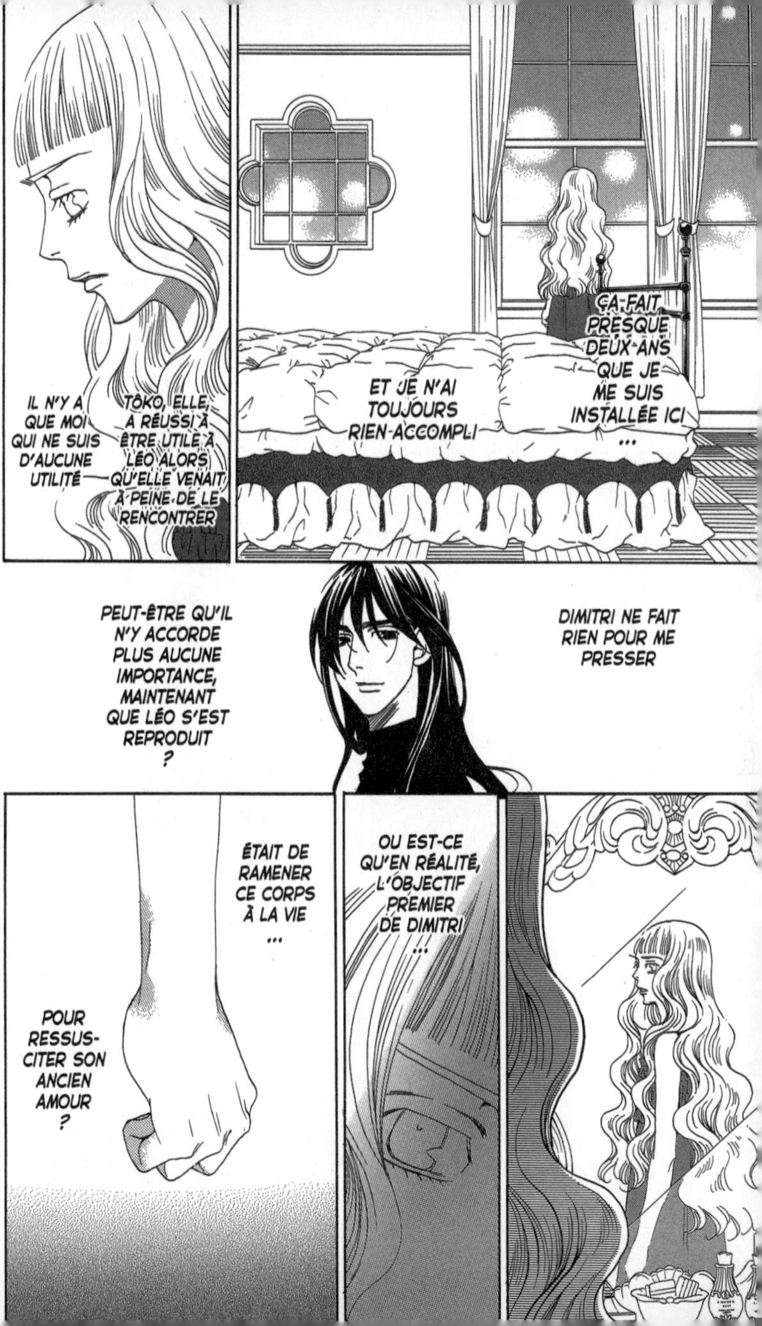
ÇA FAIT PRESQUE DEUX ANS QUE JE ME SUIS INSTALLÉE ICI ...
ET JE N'AI TOUJOURS RIEN ACCOMPLI
TÔKO, ELLE, A RÉUSSI À ÊTRE UTILE À LÉO ALORS QU'ELLE VENAIT À PEINE DE LE RENCONTRER
IL N'Y A QUE MOI QUI NE SUIS D'AUCUNE UTILITÉ
DIMITRI NE FAIT RIEN POUR ME PRESSER
PEUT-ÊTRE QU'IL N'Y ACCORDE PLUS AUCUNE IMPORTANCE, MAINTENANT QUE LÉO S'EST REPRODUIT ?
OU EST-CE QU'EN RÉALITÉ, L'OBJECTIF PREMIER DE DIMITRI ...
ÉTAIT DE RAMENER CE CORPS À LA VIE ...
POUR RESSUSCITER SON ANCIEN AMOUR ?

CLAT
JE ME SUIS TOUJOURS SENTIE BIEN DANS CETTE MAISON
...
ALORS POURQUOI EST-CE QUE, TOUT À COUP
...
J'AI L'IM-PRESSION DE NE PLUS Y ÊTRE À MA PLACE
?
SRRH...

DANS CE CAS ...
J'ESPÈRE QUE TU T'EN DONNERAS À CŒUR JOIE
CRU
AU FAIT ...
TÔKO VOULAIT TE PARLER, ALICE
QUAND TU SERAS PRÊTE, VA LA VOIR. MAIS NE LA BRUSQUE PAS
JE SUIS PRÊTE
JE RETIRE TOUT CE QUE J'AI DIT SUR LÉO ...
IL S'EST MONTRÉ TOUT À FAIT CAPABLE D'ASSURER SON RÔLE DE MÂLE JUSQU'AU BOUT
IL A MÊME ÉTÉ TRÈS EFFICACE
AU FAIT, ALICE ...
C'EST SANS DOUTE UN PEU SOURNOIS DE MA PART, MAIS JE NE PEUX PAS M'EMPÊCHER DE TE DEMANDER ...
QU'EST-CE QUE QU'ON RESSENT QUAND ON DÉCOUVRE QUE L'HOMME QU'ON A REPOUSSÉ SANS MÉNAGEMENT ...
A FINI DANS LES BRAS D'UNE AUTRE FEMME ?
GRRRR

MÊME SI, À TITRE PERSONNEL, JE N'Y VOIS PAS D'INCONVÉNIENT
NE T'INQUIÈTE PAS, CELA N'ARRIVERA PAS
DANS LA SITUATION ACTUELLE, RIEN NE POURRA VENIR GÂCHER LA SEMENCE DE LÉO
NOUS NE POUVONS PAS LA FÉCONDER ...
TANT QU'ELLE N'A PAS EXPULSÉ LES GRAINES
C'EST-À-DIRE, PENDANT AU MOINS TROIS SEMAINES
AH ...
CETTE LONGUE PÉRIODE SANS NOTES DANS LE JOURNAL D'AKIKO ...
C'ÉTAIT DONC ÇA
"DIMITRI A TENU SA PROMESSE, IL S'EST DONNÉ À MOI, CORPS ET ÂME !"
C'ÉTAIT ON NE PEUT PLUS CLAIR, POURTANT ...

JE TENAIS À TE DIRE ...
TOUT À L'HEURE, JE LUI AI SIMPLEMENT FOURNI UN PEU DE SÈVE, RIEN DE PLUS
DE LA SÈVE ?
CE MOT DÉSIGNE L'EN-SEMBLE DES LIQUIDES ORGA-NIQUES D'UN VAMPIRE
POUR ÉVITER AUX GRAINES DE FLÉTRIR, IL EST ESSENTIEL DE TRANSFÉRER DE LA SÈVE DANS LE CORPS DE LA PORTEUSE
ET CE, LE PLUS RÉGULIÈ-REMENT POSSIBLE
EN L'EMBRAS-SANT, PAR EXEMPLE ?
IL EXISTE DES MOYENS PLUS... RADICAUX
JE VOIS
FAIS BIEN ATTENTION, SURTOUT
IL NE FAUDRAIT PAS QUE, DANS TON ÉLAN, TU RAJOUTES TES PROPRES GRAINES À L'ÉQUATION

TU SAIS... ÇA ARRIVE QU'UN HOMME COUCHE AVEC UNE FEMME SANS POUR AUTANT EN ÊTRE AMOUREUX...
EXACTEMENT ! CE N'EST PAS CE QUE TU CROIS !
CE N'EST PAS PARCE QUE TÔKO ET LUI SE SONT RETROUVÉS DANS LE MÊME LIT QUE SES SENTIMENTS POUR TOI ONT CHANGÉ !
DITES, VOUS DEUX...
IL N'A PAS VRAIMENT EU LE CHOIX... C'ÉTAIT UNE QUESTION DE VIE OU DE MORT...
C'EST VRAI
VOUS N'AVEZ SANS DOUTE PAS TOUT À FAIT TORT...
MAIS C'EST ASSEZ DÉCEVANT D'ENTENDRE CE GENRE DE RÉFLEXION DANS LA BOUCHE DE JEUNES GARÇONS NAÏFS
JE DIRAIS MÊME QUE... JE L'ADMIRE, POUR AVOIR RÉUSSI À SE CRÉER UNE PORTE DE SORTIE AVEC TÔKO...
IL A RÉUSSI À METTRE EN PLACE UN PLAN B, TOUT EN CONTINUANT DE FAIRE DE GROS EFFORTS POUR TE SÉDUIRE
Il pensait toujours à tout
APRÈS L'AVOIR LAISSÉ DORMIR AVEC TOI ET ÊTRE SORTI AVEC LUI PENDANT TOUT CE TEMPS, J'AURAIS JAMAIS CRU QUE TU ALLAIS LE REPOUSSER
MOI NON PLUS. JE PENSAIS QUE L'AFFAIRE ÉTAIT PLIÉE !
CARRÉMENT !
À SA PLACE, J'AURAIS ÉTÉ TELLEMENT PERSUADÉ QU'ALICE ME CHOISIRAIT QUE JE ME SERAIS RETROUVÉ SANS SOLUTION DE SECOURS !
PAREIL...
BON...
COMME QUOI, ON NE PEUT JAMAIS VRAIMENT SAVOIR CE QUI SE PASSE DANS LA TÊTE D'UNE FILLE
TELLEMENT ! ÇA FAIT PEUR...
VOUS N'AVEZ PAS BIENTÔT FINI ?!
TOC TOC

C'EST SI TRISTE, LA FAÇON DONT NOUS NOUS SOMMES SÉPARÉS
JE N'AI PLUS LE TEMPS D'ATTENDRE !
PAR TE LE PROPOSER MOI-MÊME !
JE T'AIME ...
JE T'AIME SINCÈREMENT
JE LUI AI DIT DES CHOSES... SANS IMAGINER QUE ÇA POUVAIT LE BLESSER. POUR AUTANT ...
HOP HOP
JLAM
Bonsoir Tôko ! On s'accouple ? ♡
Oh là, vous alors ! ♡
LÉO ...
JE ...
NON MAIS, QU'EST-CE QUE JE RACONTE ?!
QUELLE IDIOTE !
LÉO DEVAIT ÊTRE AMOUREUX D'ELLE DEPUIS LE DÉBUT ! C'EST DIMITRI QUI M'AVAIT DÉSIGNÉE COMME SA PARTENAIRE, SANS LUI DEMANDER SON AVIS
TANT MIEUX, AU FINAL ...
À CAUSE DE MOI, IL ÉTAIT À DEUX DOIGTS DE MOURIR SANS AVOIR PU TRANSMETTRE SES GRAINES
JE DEVRAIS ÊTRE RECONNAISSANTE ENVERS TÔKO D'AVOIR PRIS LE RELAIS ...
TU TE TROMPES !
LÉO ÉTAIT TRÈS ATTACHÉ À TOI, ALICE !
ALORS NE DIS PAS DES CHOSES PAREILLES ...

IL VOUS DEMANDE... DE VOUS REPRODUIRE, À VOTRE TOUR ...
IL... IL A INSISTÉ ...
"JE PARS POUR UN LONG VOYAGE ...
MAIS À MON RETOUR, J'ESPÈRE VOUS RETROUVER"
"SI PERSONNE N'HÉRITE DE VOTRE GRAINE, JE N'AURAI PLUS NULLE PART OÙ ALLER"
J'AI AUSSI UN MESSAGE, POUR ALICE. JE TIENS À ...
ÉVITER TOUT MALEN-TENDU ...
OÙ EST-ELLE ?
VOUS POURREZ LUI PAR-LER PLUS TARD
LAIS-SONS-LA RUMINER ENCORE UN PEU
VOUS ÊTES DU GENRE TAQUIN, VOUS ...
OUI ...
SANS DOUTE. COMME LÉO ...

ELLE PORTE LES GRAINES DE LÉO ?!
ÇA SIGNIFIE …
QUE …
CE SOIR-LÀ …
APRÈS AVOIR QUITTÉ LA MAISON …
IL EST ALLÉ LA REJOINDRE …
ET ENSUITE …
TOUS LES DEUX …
OUI, ILS L'ONT FAIT
À SA PLACE …
J'AURAIS PAS PU
DIMITRI …
ÉCONOMISEZ VOS FORCES
NON, JE DOIS VOUS DIRE …
DE LA PART DE LÉO …

SCLING
NE RESTE PAS LÀ, ALICE !
ALICE, ÇA VA ?!
TU N'ES PAS BLESSÉE ?
JE ...
PARDON, JE... J'AI CASSÉ LE ...
NE T'IN-QUIÈTE PAS, JE M'EN OCCUPE
VIENS AVEC MOI

De l'eau
PSHHH
DIMITRI !
JE ...
J'AI RAPPORTÉ DE L'...

TAP
COMMENÇONS PAR L'ALLONGER DANS LA PIÈCE DU FOND !
IL LUI FAUT DES NUTRIMENTS !
ET DE L'EAU, VITE !
JE VAIS FAIRE DE LA PLACE !
TAP
TÔKO !
VOUS M'EN-TENDEZ ? TOUT IRA BIEN
NOUS ALLONS RESTER À VOS CÔTÉS, JUSQU'AU BOUT
TAP
TAP
TAP

Black Rose Alice
CHAPITRE 18

MAIS ... VOUS ...
VOUS AVEZ ÉTÉ CHANGÉE EN VAMPIRE ?!
VOUS PORTEZ ...
LES GRAINES DE LÉO ?
CHAPITRE 18

TÔKO NARUSAWA ?!
LÉO ...
M'A DE-MANDÉ DE VOUS REJOIN-DRE ICI ...
J'ÉTAIS ...
CENSÉE VENIR PLUS TÔT ...
MAIS ...
JE ...
TÔKO !!
TÔ...

QU'EST-CE QUE DIMITRI ...
LUI A FAIT ?!
DING DONG
AKIKO ...
QUE T'EST-IL ARRIVÉ ?
OUI ?
CLAC

FLAP FLAP
JE DEVRAIS LE REMETTRE OÙ JE L'AI PRIS
N'EMPÊCHE ...
JE ME DEMANDE CE QUI S'EST PASSÉ APRÈS ...
FLAP
FLAP
FLAP
Je suis si heureuse !
Dimitri a tenu sa promesse.
Il s'est donné à moi, corps et âme !

ALICE !
QU'EST-CE QUE TU VEUX POUR LE DÉJEUNER ?
JE SUIS PEUT-ÊTRE ENCORE TROP INFLUENCÉE PAR LE RÉCIT D'AKIKO ...
JE RETOURNE ME COUCHER. JE MANQUE DE SOMMEIL ...
DÉSOLÉE, JE MANGERAI PLUS TARD
NORMAL, JE VIENS À PEINE DE FINIR SON JOURNAL
IL FAUT DIRE QU'ELLE N'A JAMAIS CESSÉ DE L'AIMER, PENDANT TOUTES CES ANNÉES ...
JE DOIS ME DÉFAIRE DE TOUT ÇA

BONJOUR ... ALICE
BONJOUR ...
TU PORTES DES KIMONOS, MAINTENANT ?
Je croyais que tu t'en servais comme robe de chambre !
DE TEMPS EN TEMPS
EST-CE QUE ÇA NE ME DONNE PAS L'AIR D'UN JAPONAIS RESPECTABLE ?
Tu as surtout l'air vieux

ELLE N'A PLUS RIEN ÉCRIT
PAS MÊME SON DERNIER MOIS, PASSÉ SEULE AVEC DIMITRI ...
APRÈS AVOIR ACCEPTÉ DE S'UNIR À MAXIMILIEN ...
LA SITUATION ÉTAIT PEUT-ÊTRE TROP INTENSE POUR ÊTRE DÉCRITE AVEC DES MOTS
OU ALORS ...
LE TEMPS LUI SEMBLAIT TROP PRÉCIEUX ...
POUR ÊTRE GÂCHÉ DE CETTE FAÇON
À MOINS QUE ...
SALUT, ALICE !

C'EST ICI ...
QUE S'ARRÊTE LE JOURNAL D'AKIKO

AUJOURD'HUI, JE SUIS COMBLÉ

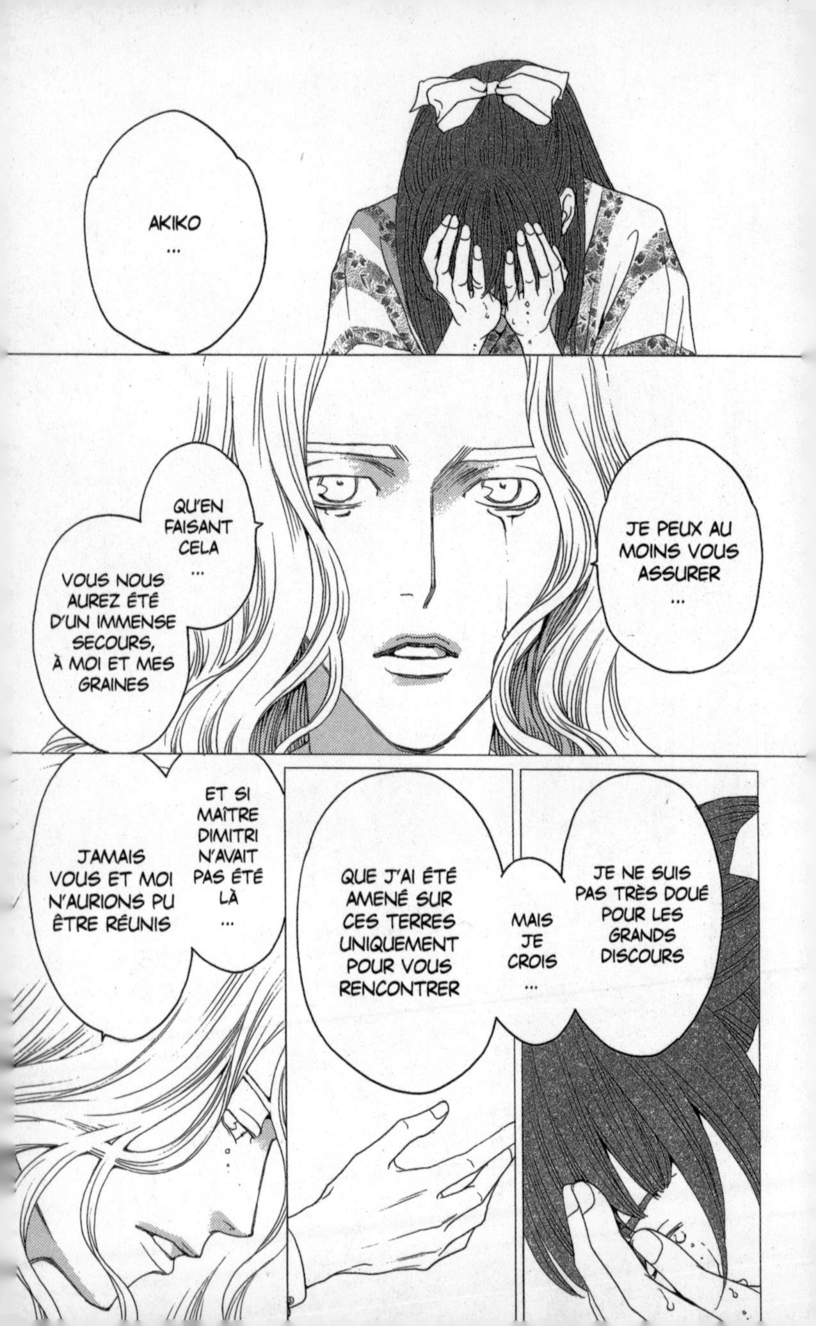
AKIKO ...
JE PEUX AU MOINS VOUS ASSURER ...
QU'EN FAISANT CELA ...
VOUS NOUS AUREZ ÉTÉ D'UN IMMENSE SECOURS, À MOI ET MES GRAINES
JE NE SUIS PAS TRÈS DOUÉ POUR LES GRANDS DISCOURS
MAIS JE CROIS ...
QUE J'AI ÉTÉ AMENÉ SUR CES TERRES UNIQUEMENT POUR VOUS RENCONTRER
ET SI MAÎTRE DIMITRI N'AVAIT PAS ÉTÉ LÀ ...
JAMAIS VOUS ET MOI N'AURIONS PU ÊTRE RÉUNIS

ET À DIMITRI ?!

MÊME SI JE SAIS QUE LE CHAGRIN DE DIMITRI SERA BIEN PLUS GRAND QUE LE MIEN
VOUS AVEZ TOUJOURS ÉTÉ À SES CÔTÉS
LORSQUE, DEMAIN, VOUS NE SEREZ PLUS LÀ ...
IL SE RE-TROUVERA SEUL, SANS AUCUN AUTRE VAMPIRE ...
IMAGINEZ SA TRISTESSE !
DITES-MOI ...
EST-CE QU'EN FAISANT CELA, J'AURAI AU MOINS RÉUSSI À ÊTRE UTILE ?
EST-CE QUE CELA M'AURA PERMIS DE VOUS APPORTER MON SOUTIEN, À VOUS ...

C'EST ...
PARCE QUE JE SAIS QUE DEMAIN, AUX AURORES, VOUS AUREZ DISPARU ...
RIEN QUE D'IMAGINER QUE JE NE VOUS VERRAI PLUS JAMAIS, JE ...

MÊME SI C'ÉTAIT POUR NE PAS ME FAIRE DE PEINE, DIMITRI M'A DÉJÀ MENTI ...
MAIS VOUS, EN REVANCHE, VOUS M'AVEZ TOUJOURS DIT LA VÉRITÉ
C'EST CE QUI ME PLAIT, CHEZ VOUS
JE ME SENS BIEN PLUS APAISÉE À L'IDÉE DE DEVENIR VOTRE ÉPOUSE ...
QU'À CELLE DE ME MARIER AVEC MON FIANCÉ
ALORS ...
N'AYEZ PAS DE PEINE POUR MOI
POURTANT ...
VOUS TREMBLEZ ...

JE SUIS... SINCÈRE-MENT NAVRÉ
AU CONTRAIRE, VOUS M'AVEZ RASSURÉE. MERCI
VOUS ÉTIEZ VOUÉE À CONNAÎTRE UNE VIE LONGUE ET HEUREUSE ...
MAIS AU LIEU DE CELA, VOUS ALLEZ VOUS SACRIFIER AFIN DE COMBLER MES DÉSIRS ÉGOÏSTES
VOUS QUI ÊTES SI PURE, SI INNOCENTE ...
VOUS ALLEZ OFFRIR VOTRE CORPS À UN HOMME ...
QUE DIS-JE... UN MORT-VIVANT. UN MONSTRE DONT VOUS N'ÊTES MÊME PAS AMOU-REUSE
CROYEZ-MOI ...
JE VOUS AIME, MAXIMILIEN

PAR NATURE, MAÎTRE DIMITRI À TOUJOURS ÉTÉ TRÈS ATTENTIONNÉ ENVERS LES FEMMES ...
ALORS, CERTES ...
CELA FINIT SOUVENT PAR SERVIR SON INTÉRÊT, MAIS ...
CETTE CAPACITÉ, IL LA DOIT À UN DON INNÉ
MÊME S'IL LUI ARRIVE, PARFOIS, D'ÊTRE UN PEU FROID ET CALCULATEUR ...
J'AI TOUJOURS ÉTÉ ÉBLOUI PAR SA FAÇON D'EXPLOITER UN TEL CADEAU DU CIEL
...
...
MAIS SACHEZ ...
QU'EN CE QUI VOUS CONCERNE ...
DIMITRI TIENT BEAUCOUP À VOUS
...
PARDON ...
MES EXPLICATIONS DOIVENT VOUS PARAÎTRE CONFUSES
JE ME SUIS UN PEU ÉPARPILLÉ
NON

J'AIMERAIS VOUS POSER UNE QUESTION
JE NE REVIENDRAI PAS SUR MA DÉCISION, PROMIS. QUELLE QUE SOIT VOTRE RÉPONSE
ALORS RÉPONDEZ-MOI FRANCHEMENT ...
ET N'AYEZ PAS PEUR DE ME BLESSER ...
SI DIMITRI S'EST MONTRÉ SI GENTIL AVEC MOI DURANT TOUT CE TEMPS ...
C'ÉTAIT UNIQUEMENT POUR EN ARRIVER À CE MOMENT ?
POUR ...
POUR ME PRÉPARER À DEVENIR VOTRE PARTENAIRE ?
ABSOLUMENT PAS
D'AILLEURS, L'IDÉE MÊME QUE VOUS PORTIEZ BIENTÔT MES GRAINES NE LE RÉJOUIT PAS DU TOUT

Le 15 avril
Pour patienter, je me suis servi une tasse de thé...
c'est le moment qu'a choisi Maximilien pour entrer.
MAXI-MILIEN !
PRENEZ PLACE
J'AI JUSTEMENT FAIT DU THÉ
DÉSOLÉE ...
CE N'EST PAS POUR CELA QUE VOUS ÊTES ICI
HUM ... ALLONS DANS MA CHAMBRE ...
NON ...
JE PRENDRAIS VOLONTIERS DU THÉ

HA HA !
ÇA TIENT !
OUAIS, BEN, ATTENDS LE PROCHAIN TOUR, TU VERRAS !
HMM.. LEQUEL JE DEVRAIS RETIRER ?
MAÎTRE DIMITRI ...
JE COMPTE SUR VOUS ...
POUR PRENDRE SOIN DE MES GRAINES

PERMETTEZ-MOI DE PRENDRE CONGÉ
JE PRIE…
POUR QUE VOTRE AVENIR SOIT RADIEUX

MÊME SI JE SUIS UN ODIEUX PERSONNAGE ...
MA GRAINE A HÉRITÉ ...
DE L'ESSENCE DES DEUX PERSONNES QUI T'ÉTAIENT LE PLUS CHÈRES
JE TE PROMETS ...
DE LA FAIRE PERDURER
MERCI DE LE FAIRE POUR EUX ...
MAIS VOUS AUSSI, VOUS AVEZ QUELQUE CHOSE DE PRÉCIEUX À TRANS-METTRE ...
MAÎTRE DIMITRI

TU M'AS DÉJÀ DEMANDÉ DE PRENDRE SOIN D'EUX ...
PEUT-ÊTRE, MAIS IL Y A EN EFFET QUELQUE CHOSE DE PLUS IMPORTANT
JE VOUS EN PRIE ...
PROMETTEZ-LE-MOI
DANS CE CAS ...
JE ...
TE PROMETS D'Y RÉFLÉCHIR
VOUS N'AVEZ RIEN DE PLUS RASSURANT ?
C'EST LA DERNIÈRE FOIS QUE NOUS NOUS VOYONS ...
BIEN ...
JE LE FERAI

MAÎTRE DIMITRI ...
JE COMPTE SUR VOUS POUR PRENDRE SOIN DE MES GRAINES
CE SONT TES MOTS D'ADIEUX ?
C'EST D'UN TRISTE ...
ET PLUS IMPORTANT ...
IL Y A PLUS IMPOR-TANT ?
PROMET-TEZ-MOI ...
DE PROCRÉER À VOTRE TOUR
JE SAIS QUE VOUS PLANIFIEZ DE VOUS LAISSER MOURIR SANS AVOIR RÉPANDU VOS GRAINES
SANS VOUS OU L'UN DE VOS DES-CENDANTS ...
MES HÉRITIERS SERAIENT PERDUS

car tout ceci était écrit...
depuis très longtemps.

Je me souviens encore du jour où j'ai rencontré Dimitri et Maximilien pour la toute première fois.
Est-ce que, dès cet instant...
tout était déjà voué à se produire ?
Si c'est le cas, je n'ai pas à avoir peur...

AKIKO …
VOUS VOUS SACRIFIEZ POUR NOUS… JE FERAI TOUT POUR QUE VOUS SOYIEZ HEUREUSE
UNE FOIS QUE MAXI-MILIEN AURA ACCOMPLI SON DESTIN …
JE RESTERAI À VOS CÔTÉS, JUSQU'AU BOUT
JUSQU'À CE QUE VOUS QUITTIEZ CE MONDE …
JE VOUS APPARTIENDRAI …
CORPS ET ÂME

POUR VOUS, JE SERAI PRÊTE À TOUT !
JE NE SUPPORTERAI PAS DE SAVOIR QU'UNE AUTRE FEMME ...
S'EST SACRIFIÉE POUR VOUS !
CE SERAIT UN TROP LOURD FARDEAU ! SI CELA DEVAIT ARRIVER ...
JAMAIS PLUS JE NE POURRAIS ÊTRE HEUREUSE !
JE DEVIENDRAI LA FEMME DE MAXIMILIEN ...
ET JE ME CHARGERAI DE PORTER ...
SES GRAINES !
LAISSEZ-MOI PRENDRE CETTE RESPONSABILITÉ !!

REFUSER !
JE VOUS AIME, DIMITRI !
J'INSISTE POUR VOUS APPORTER MON AIDE ! POUR VOUS ÊTRE UTILE !

IL MOURRA SANS LAISSER DE DESCENDANT
À MOINS QUE ...
JE NE LUI TROUVE UNE AUTRE PARTENAIRE
C'EST LA SEULE OPTION
PEUT-ÊTRE QU'EN Y CONSACRANT TOUTES MES PRIÈRES ...
JE SERAI UN JOUR ENTENDU PAR QUELQU'UN
...
JE NE PEUX PAS ...

JE NE SOUHAITE QU'UNE CHOSE ...
VOTRE BONHEUR !
CAR AUCUNE FEMME ...
N'EST PLUS IMPORTANTE QUE VOUS, À MES YEUX !
VOUS ME DITES ...
DE REFUSER, MAIS ...
QUE DEVIENDRA MAXIMILIEN, SI JE FAIS UNE CHOSE PAREILLE ?

AKIKO ...
JE VOUS EN SUPPLIE ...
REFUSEZ CETTE REQUÊTE !
OUBLIEZ NOTRE EXISTENCE ...
ET ÉPOUSEZ UN HOMME AIMANT, AVEC QUI VOUS PASSEREZ DES JOURS HEUREUX !

SI J'AVAIS ÉTÉ À SA PLACE, MOI AUSSI, JE VOUS AURAIS CHOISIE
ET J'AURAIS ÉTÉ LE PLUS HEUREUX DES HOMMES ...
SI VOUS AVIEZ CONSENTI À ME PRENDRE POUR ÉPOUX
MAIS, C'EST UNE DEMANDE ...
PARFAI-TEMENT ÉGOÏSTE
APRÈS LA REPRODUC-TION, LE MÂLE MEURT
ET LORSQU'ELLE A FINI DE PORTER SES GRAINES, AU BOUT D'UN MOIS, LA FEMELLE ELLE AUSSI PERD LA VIE
EN D'AUTRES TERMES ...
JE VOUS DEMANDE ...
DE MOURIR POUR LA RACE DES VAMPIRES

IL VOUS VEUT POUR FEMME. À SES YEUX ...
VOUS ÊTES LA SEULE À EN ÊTRE DIGNE
MAXIMILIEN SE MEURT
MAIS AVANT DE PERDRE LA VIE ...
IL DOIT TRANS-METTRE SES GRAINES

Black Rose Alice
CHAPITRE 17
AKIKO ...
ACCEPTERIEZ-VOUS ...
DE PARTAGER VOTRE LIT AVEC MAXIMILIEN, JUSTE POUR UNE NUIT ?

J'avais l'impression d'être dans un rêve...
et je ne voulais pas me réveiller...
même s'il devait...
se transformer en un terrible cauchemar.

PARDON JE VOUS AI BRUSQUÉE …
JE NE VOULAIS PAS VOUS OFFENSER
PAS DU TOUT !
JE …
JE VOUS AIME, BIEN SÛR ! APRÈS TOUT …
NOUS SOMMES FRÈRE ET SŒUR
JE VOIS …
C'EST VRAI QUE NOUS SOMMES PARENTS, DÉSORMAIS
DANS CE CAS, VOUS ME PARDONNEREZ CE GESTE
VOUS NE VOYEZ AUCUN INCONVÉ-NIENT À CE QUE …
NOUS NOUS TENIONS LA MAIN, N'EST-CE PAS ?
EH BIEN …

EST-CE QUE ...
VOUS M'AIMEZ ?

PERSONNELLEMENT, JE PRÉFÈRE PROFITER DU SPECTACLE EN VOTRE COMPAGNIE
Ces derniers temps, Dimitri se montre particulièrement prévenant.
J'imagine qu'il tient à prendre soin de moi, maintenant que père n'est plus...
et il se sent sans doute obligé de me protéger, comme un grand frère.
Enfin, c'est ce que je me suis dit, mais...
MAGNIFIQUE, N'EST-CE PAS ?
EN EFFET
ON DIRAIT QUE LES CERISIERS SONT SUR LE POINT DE NOUS ENVELOPPER...
AKIKO...
OUI ?

FRUP
Le 10 avril
Dimitri m'a invitée à me promener avec lui sous les cerisiers en fleurs.
ET MAXI-MILIEN ?
POURQUOI DEVRAIT-IL FORCÉMENT SE JOINDRE À NOUS ?

APRÈS TOUT CE QUE LE COMTE A FAIT POUR NOUS ...
SON CORPS EST À PEINE FROID QUE VOUS VOILÀ DÉJÀ À FAIRE LA COUR À SA FILLE, ESPÉRANT L'OBLIGER À SE SACRIFIER ...
TOUT À FAIT
JE SUIS UN DÉMON
UN DÉMON SUCEUR DE SANG

QUI PARLE DE NÉGOCIER ?
QUOIQUE... CE SERAIT AMUSANT DE VOIR ÇA
TU NE COMPRENDS PAS, MAXI-MILIEN ...
IL FAUT LA SÉDUIRE
POUR QUE TES GRAINES SOIENT SAINES, IL FAUT QU'ELLE SOIT LA PLUS HEUREUSE POSSIBLE ...
ET PUIS, APRÈS TA MORT, JE NE VEUX PAS ÊTRE ENTOURÉ PAR UN TAS DE VAMPIRES LUGUBRES
SÉDUIRE LES FEMMES, C'EST MA SPÉCIALITÉ
JE M'EN CHARGE
UNE FOIS SOUS MON CHARME ...
JE FERAI EN SORTE QU'ELLE ACCEPTE DE PORTER TES GRAINES ...
EN LUI PRÉSENTANT LES CHOSES DE FAÇON À CE QU'ELLE EN TIRE UN CERTAIN BONHEUR

LA COLLABORATION D'AKIKO EST PRIMORDIALE
AFIN D'ÉVITER AUTANT QUE POSSIBLE À MES GRAINES ... D'ÊTRE NÉFASTES POUR VOUS
J'IRAI LUI PARLER
CETTE AFFAIRE ME CONCERNE DIRECTEMENT
C'EST MOI QUI NÉGOCIERAI AVEC ELLE

JE N'EN SUIS PAS CERTAIN ...
JE NE PEUX PAS CERTIFIER ...
QU'ILS NE SE RETOURNERONT PAS CONTRE VOUS, MAÎTRE DIMITRI
MAIS VOUS, QUAND VOUS LES RENCONTREREZ ...
VOUS DÉCOUVRIREZ QUEL GENRE DE PERSONNE J'ÉTAIS VRAIMENT
VOILÀ POURQUOI L'IDÉE MÊME D'ENGENDRER ME TERRIFIE !

QUAND JE ME REPRODUIRAI, TOUT CE QUI ÉTAIT ENFOUI EN MOI ...
Y COMPRIS MES SENTI-MENTS QUI Y DEMEURAIENT CAPTIFS ...
S'ENVOLERONT SOUS LA FORME DE DÉLICATS PAPILLONS
EST-CE QUE LES VAMPIRES NÉS DE MES GRAINES ...
VOUS SERONT RÉELLEMENT FIDÈLES ?

JE PENSAIS N'AVOIR QUE DE L'AMOUR POUR VOUS
VOUS QUI POSSÉDEZ LES TRAITS DE MON MAÎTRE, À QUI J'AI JURÉ FIDÉLITÉ, ET DE CELLE DONT J'ÉTAIS SINCÈREMENT ÉPRIS ...
VOUS QUI ÊTES À LA FOIS LE SOSIE DE CES DEUX PERSONNES ...
ET UN ÊTRE À PART
MAIS AUJOURD'HUI, JE NE SAIS PLUS
LA SEULE CHOSE DONT JE RESTE PERSUADÉ, C'EST QUE JE N'AI AUCUNE INTENTION DE VOUS TRAHIR
POUR AUTANT, JE NE CONNAIS PAS VRAIMENT LA NATURE DES SENTIMENTS CACHÉS DANS MON CŒUR

JUSTEMENT ...
IL N'Y A PAS SENTIMENT PLUS HUMAIN QUE LA HAINE
À DIRE VRAI ...
JE M'ATTENDAIS TOUJOURS À CE QUE TU PROFITES DE MON SOMMEIL POUR ME SAUTER À LA GORGE
QUOI ?
CE N'EST PAS COMME ÇA ...
QUE L'AURAIT DIT BRADLEY ?
JE VOUS LE RÉPÈTE, JE NE FAISAIS QUE SONDER MON CŒUR ...
À TRAVERS VOUS

ELLE-MÊME A FAIT SON CHOIX EN CONNAISSANCE DE CAUSE
DANS TOUS LES CAS, COMMENT POURRAIS-JE VOUS REPROCHER QUOI QUE CE SOIT ?
PEU IMPORTE L'ORIGINE DE TOUT CECI
LORSQU'UN LION S'ACCAPARE UNE MEUTE, IL NE SE CONTENTE PAS DE CHASSER LE PRÉCÉDENT CHEF ...
IL DÉVORE ÉGALEMENT SES PETITS
CE N'EST QUE PURE LOGIQUE. UN MÂLE N'A QU'UN SEUL OBJECTIF : PERPÉTUER SA LIGNÉE. S'IL PART À LA RECHERCHE D'UNE FEMELLE, C'EST UNIQUEMENT POUR LAISSER SON EMPREINTE À TRAVERS SA DESCENDANCE
JE NE SUIS PAS UN LION ...
MAIS UN HOMME
HA HA ...
TU VEUX DIRE UN VAMPIRE
J'ÉTAIS UN ÊTRE HUMAIN, AVANT !!

POURQUOI UNE TELLE FRANCHISE, TOUT À COUP ? SERAIT-CE ...
PARCE QUE TA FIN EST PROCHE ?
À TA PLACE, MOI AUSSI JE N'AURAIS QUE DU RESSENTIMENT À MON ÉGARD
JE NE SERAI MÊME SANS DOUTE JAMAIS PARTI À MA RECHERCHE
PERSONNE NE VEUT AVOIR AFFAIRE AU VAMPIRE NÉ DE LA RELATION FUNESTE ...
ENTRE SA COMPAGNE ...
ET UN AUTRE HOMME, PAS VRAI ?
LE SEIGNEUR BRADLEY ÉTAIT PERSUADÉ ...
QUE JE RÉUSSIRAI À SURMONTER CE SENTIMENT ...
DONC JE N'AI PAS EU LE CŒUR À TRAHIR SA CONFIANCE
ET PUIS AU DÉPART, IL M'AVAIT SIMPLEMENT ORDONNÉ DE LUI TROUVER UNE PARTENAIRE ...
CE N'EST QU'APRÈS QUE JE ME SUIS RAPPROCHÉ D'ALEXANDRA
MA RANCŒUR EST DONC ABSURDE

DURANT NOTRE PÉRIPLE ...
JE N'AI EU DE CESSE DE CHERCHER UNE FEMME QUI REMPLISSE CE CRITÈRE
ET CE POUR UNE RAISON TRÈS SIMPLE ...
JE CROIS QUE QUELQUE PART AU PLUS PROFOND DE MOI, JE VOUS HAIS

SI TU N'AS AUCUN SENTIMENT POUR ELLE, C'EST QU'ELLE N'EST PAS FAITE POUR TOI
IL SE TROUVE QUE J'AI POUR CETTE PERSONNE ...
BIEN ASSEZ DE TENDRESSE ...
POUR POUVOIR ME REPRODUIRE AVEC ELLE
AKIKO EST FRANCHE ET INTELLIGENTE
ELLE A CERTES UN PETIT CÔTÉ INSOUCIANT, VOIRE NAÏF ...
MAIS C'EST QUELQU'UN D'UNE GRANDE BONTÉ QUI AFFECTIONNE SINCÈREMENT LES VAMPIRES
ET, PAR-DESSUS TOUT ...
ELLE EST AMOUREUSE DE VOUS
OR ...
IL EST ABSOLUMENT ESSENTIEL ...
QUE MA FUTURE PARTENAIRE AIT POUR VOUS UN AMOUR INDÉFECTIBLE

FROP
Y A-T-IL QUELQU'UN QUE TU AIMES ...
MAXI-MILIEN ?
FRUP
Y A-T-IL QUELQU'UN QUE TU AIMES ...
MAXIMILIEN ?
BIEN SÛR
ALEXAN-DRA
QUEL-QU'UN QUI EST ENCORE EN VIE, JE VEUX DIRE
NON ...
MAIS CE N'EST PAS UN PROBLÈME, PUISQUE JE ME SUIS TROUVÉ LA PARFAITE REPRODUCTRICE

Peu importe qui je dois épouser...
Peu importe qui occupe le cœur de Dimitri...
Lui et moi formons désormais une famille, à jamais.
Et il n'existe rien de plus merveilleux...
FLAP
PEU DE TEMPS APRÈS, LE COMTE IZUMIKÔJI EST DÉCÉDÉ
J'ARRIVE BIENTÔT ...
AU BOUT DU JOURNAL D'AKIKO

JE VOUS SERAI À JAMAIS RECONNAISSANT
Et ainsi, nous sommes devenus frère et sœur.
Je me suis sentie submergée par un regret absurde, quand j'ai compris que lui et moi...
ne pouvions définitivement plus prétendre au mariage...
Mais j'ai fini par adopter le point de vue de père. En devenant la sœur de Dimitri...
je serai sans doute la seule femme au monde à pouvoir prétendre...
être parente avec un être aussi exceptionnel que lui.
tout en sachant pertinemment que cette perspective était inenvisageable depuis le début.
Quand vais-je enfin grandir ?

TU AS TOUJOURS DIT QUE ...
TU VOULAIS DEVENIR NOBLE
JE NE SAIS PAS SI TU SAURAS TE CONTENTER ...
D'UN TITRE DANS UN PETIT PAYS, LOIN À L'EST DE TA PATRIE ...
NON ...
CE N'EST PAS ...
VOIS DANS CE GESTE UNE FAÇON POUR MOI ...
DE TE REMERCIER DE TA VENUE
C'EST TOUT CE QUE JE PEUX FAIRE POUR AIDER À SAUVER DE L'EXTINCTION ...
UNE ESPÈCE AUSSI SINGULIÈRE QUE LA TIENNE
MONSIEUR LE COMTE ...
...

DIMITRI... J'AI DÉCIDÉ DE FAIRE LE NÉCESSAIRE... POUR T'ADOPTER
J'ESPÈRE QUE TU Y CONSENTIRAS
JE ...
JE NE SUIS PAS DIGNE DE ...
J'AVAIS UN FILS. IL EST MORT TRÈS JEUNE
MON ÉPOUSE L'A MALHEUREUSEMENT SUIVI RAPIDEMENT
AVEC AKIKO, NOUS AURIONS PU MENER UNE VIE UNIQUEMENT FAITE DE SILENCES
MAIS SI NOUS AVONS RÉUSSI À DÉPASSER NOTRE CHAGRIN ET À ALLER CHAQUE JOUR DE DÉCOUVERTES EN SURPRISES ...
C'EST GRÂCE À LA LUMIÈRE QUE VOUS AVEZ FAIT ENTRER DANS NOTRE MAISON ...
AUSSI, SI TU ACCEPTES DE DEVENIR MON FILS ...
HA HA ...
KEUF
KOF
COMTE ...
CE GENRE D'OCCASION NE SE PRÉSENTERA PAS DEUX FOIS ...
JE DEVIENDRAI LE PÈRE D'UN VAMPIRE
MAIS PEU DE GENS S'EN SAISIRAIT ...

ELLE A COMMENCÉ À ÉCRIRE CE JOURNAL À L'ÂGE DE ONZE ANS
ET, N'AYANT JAMAIS CESSÉ DE NOURRIR DE TENDRES SENTIMENTS POUR DIMITRI ...
À DIX-SEPT ANS, ELLE EST DEVENUE UNE FEMME
FLAP
L'état de santé de père s'est détérioré...
Je lui ai dit qu'il devait vite se remettre, sans quoi il n'y aura pas de mariage. Il a souri, mais son sourire était plus faible qu'à l'accoutumée. Ça m'inquiète...
Il a fait venir Dimitri et Maximilien.
FLAP

MERCI, MAIS... ÇA IRA
LE SOLEIL DÉCLINE DÉJÀ, J'INSISTE
JE NE VOUDRAIS PAS QU'IL VOUS ARRIVE QUOI QUE CE SOIT
ET SI JE VOUS LAISSE RENTRER SEULE EN PLEINE NUIT ...
...
MAÎTRE DIMITRI M'EN VOUDRA
Je n'ai pas souvent eu l'occasion de discuter avec Maximilien...
mais je ne crois pas qu'il soit du genre à mentir.
Tout ce qu'il m'a dit était sensé, ça ne fait aucun doute.
Je peux lui faire confiance.
PLUSIEURS MOIS PLUS TARD, AKIKO A REÇU UNE NOUVELLE DEMANDE EN MARIAGE
FINALEMENT, ELLE A LAISSÉ SES APPRÉHENSIONS DE CÔTÉ ...
ET A ACCEPTÉ SON DESTIN

...
OUI ...
VOUS AVEZ RAISON
PARDON, C'ÉTAIT AFFREUX DE MA PART DE ...
DE SOUS-ENTENDRE QUE DIMITRI PUISSE FAIRE UNE CHOSE PAREILLE ...
JE SUIS TROP SECOUÉE PAR LA NOUVELLE POUR TENIR DES PROPOS COHÉRENTS
OUBLIEZ CE QUE J'AI DIT
JE VOUS LAISSE
AKIKO !
NOUS AUTRES VAMPIRES ÉTIONS DES HUMAINS, AVANT
NOUS NE SOMMES PAS SI PROMPTS À TUER DES GENS
CERTES, IL NE FAUDRAIT PAS PLUS D'UNE SECONDE À MAÎTRE DIMITRI POUR SEMER LA MORT AUTOUR DE LUI
MAIS C'EST JUSTEMENT POUR CELA QU'IL PREND BIEN SOIN DE NE PAS SE LAISSER ALLER À SES ÉMOTIONS. IL TIENT À GARDER LA MAÎTRISE DE SON POUVOIR
VOILÀ POURQUOI JE SUIS SÛR DE CE QUE J'AVANCE
LAISSEZ-MOI VOUS RACCOMPAGNER

IL ...
IL S'EST ENTICHÉ DE... D'UNE FILLE DE JOIE, ET S'EST SUICIDÉ AVEC ELLE ...
JE... J'AI DEMANDÉ UN SERVICE À DIMITRI ET JE VOULAIS SAVOIR ...
S'IL AVAIT FAIT QUELQUE CHOSE POUR M'AIDER ?
EST-CE À CAUSE DE MOI SI SHINTARÔ EST ...
JE NE SUIS PAS AU COURANT
MAIS DE MON POINT DE VUE, MAÎTRE DIMITRI NE PEUT PAS ÊTRE À L'ORIGINE DE CETTE AFFAIRE
NE VOUS TRACASSEZ DONC PAS
POURTANT, C'EST MOI QUI ...
AKIKO, VOUS ÊTES SOUS LE CHOC ...
MALHEUREU-SEMENT, LE SUICIDE AMOUREUX EST UNE CHOSE COMMUNE ...
MAIS ...
ET MAÎTRE DIMITRI NE TUERAIT JAMAIS UN HUMAIN INNOCENT

FLAP
Le 11 septembre
Une terrible nouvelle nous est parvenue.
Depuis, j'ai l'esprit confu.
Est-il possible que Dimitri ait...
Il l'aurait fait... pour moi ?
MADEMOISELLE AKIKO ?
EUH ...
EST-CE QUE DIMITRI ...
IL DORT ENCORE ...
DOIS-JE LE RÉVEILLER ?
NON ! CE... CE N'EST PAS NÉCESSAIRE !
...
...
...
IL ...
IL SE TROUVE QUE ...
MON FIANCÉ, SHINTARÔ ...
EST DÉCÉDÉ ...

AKIKO, VOUS ÊTES UNE FEMME SUBLIME. PEU IMPORTE L'HEUREUX ÉLU, IL SERA SOUS VOTRE CHARME
ET JE SUIS CERTAIN QUE VOUS SEREZ HEUREUSE DANS CE NOUVEAU FOYER
VOUS N'AVEZ PAS À VOUS EN FAIRE
Alors que j'étais au bord des larmes, Dimitri a gentiment cherché à me rassurer.
Je suis trop sotte...
Quand bien même ce mariage n'aurait pas lieu, je sais que jamais je ne pourrais me lier à lui...
D'autant que je ne suis sans doute pas la première à tomber amoureuse de Dimitri.
De toutes les femmes qu'il a connues...
je suis certainement la plus stupide. Une pauvre fille, bercée de douces illusions...

...
POURQUOI PAS ?
JE POURRAIS PEUT-ÊTRE ...
JE NE SAIS PAS ...
ASSASSINER VOTRE PRÉTENDANT ?
DÉSOLÉ, C'ÉTAIT UNE BLAGUE DE MAUVAIS GOÛT ...
VEUILLEZ ME PARDONNER

QUELQUE CHOSE VOUS TRACASSE ?
...
QUAND J'AURAI FINI MES ÉTUDES ...
JE ME MARIERAI ET REJOINDRAI LA FAMILLE DE MON ÉPOUX
JE VOIS ...
JE ME SENTIRAI BIEN SEUL SANS VOUS
PARDON, JE N'AURAIS PAS DÛ DIRE UNE CHOSE PAREILLE
CE DEVRAIT ÊTRE UN ÉVÉNEMENT HEUREUX
DIMITRI ...
EST-CE QUE VOUS NE POURRIEZ PAS ...
UTILISER VOS POUVOIRS POUR EMPÊCHER CE MARIAGE D'AVOIR LIEU ?!

Shintarô est l'héritier d'un duc. C'est assurément quelqu'un de charmant...
mais je ne ressens rien pour lui.
Est-ce que je vais apprendre à l'aimer, une fois que nous serons mariés ?
Est-ce que je serai plus passionnée, plus amoureuse de lui que je ne le suis de Dimitri ?
Cela me semble totalement impossible.
Dix ans, ou même cent ans pourraient s'écouler que rien n'y changerait...
DÉSOLÉE DE VOUS DÉRANGER ...
IL EST PEUT-ÊTRE ENCORE UN PEU TÔT, POUR VOUS ?
PAS DU TOUT, NE VOUS EN FAITES PAS
JE ME RÉJOUISSAIS JUSTEMENT À L'IDÉE DE POUVOIR À NOUVEAU DISCUTER AVEC VOUS
DEPUIS QUE NOUS AVONS EMMÉNAGÉ ICI, MAXIMILIEN ET MOI, NOUS NOUS SENTONS BIEN SEULS. TOUT EST MORNE, COMME SI LA LUMIÈRE AVAIT DISPARU DE CE MONDE
SEULES VOS VISITES PARVIENNENT ENCORE À ILLUMINER CETTE SOMBRE MAISON

AKIKO ARRIVAIT À UN ÂGE OÙ LE MARIAGE DEVENAIT UNE PRÉOCCUPATION ...
ALORS LE COMTE NE VOULAIT PAS QUE DES RUMEURS SE RÉPANDENT SUR DEUX MYSTÉRIEUX JEUNES HOMMES VIVANT SOUS LE MÊME TOIT QUE LA JEUNE FEMME
ÇA N'EMPÊCHAIT PAS AKIKO DE S'ARRÊTER, PARFOIS, À LA RÉSIDENCE DE SHIBUYA, AU RETOUR DE L'ÉCOLE
COMME SES OCCUPANTS DORMAIENT LE JOUR POUR SE GLISSER DEHORS À LA TOMBÉE DE LA NUIT ...
LA MAISON FUT RAPIDEMENT CONNUE DU VOISINAGE SOUS LE NOM DE "SHIJIMA-KAN", "LA DEMEURE DE LA QUIÉTUDE"
Le 10 mai
Père m'a dit qu'il était temps de me trouver un époux.
Même s'il m'en parle depuis un bon moment déjà, savoir que je vais me marier contre mon gré me met hors de moi et me rend très triste...

...
HÉ HÉ
COMME QUOI, MÊME DIMITRI PEUT SE PRENDRE UN VENT
HU HU
COMME QUOI, MÊME DIMITRI PEUT SE PRENDRE UN VENT
GRMBL
GRMBL
AKIKO A RENCONTRÉ DIMITRI ET MAXIMILIEN À ONZE ANS
MAIS ELLE A FINI PAR GRANDIR ET A COMMENCÉ À ÉTUDIER DANS UNE ÉCOLE PRIVÉE
C'EST À CETTE ÉPOQUE QUE LES VAMPIRES ONT RÉCUPÉRÉ LA RÉSIDENCE DE SHIBUYA
ILS S'Y SONT DONC INSTALLÉS

TU NE DEVRAIS PAS RESTER LÀ À TE GOINFRER. ON POURRAIT SORTIR UN PEU ...
EN AMOUREUX ...
ÇA NE M'INTÉRESSE PAS
JE SUIS TROP OCCUPÉE À LIRE, DE TOUTE FAÇON
À LIRE ?
QUOI DONC ?
MERCI ENCORE, REIJI !
C'ÉTAIT DÉLICIEUX ♡
TLAC
AU FAIT ...
DÉSOLÉE DE NE PAS ÊTRE PASSÉE TE VOIR HIER
QUAND J'AURAI FINI MA LECTURE, JE FERAI UN SAUT AU CAFÉ
OH ...
D'ACCORD !

Eh ben alors, t'es pas venue me voir hier !
HIHI
HUHU
Pardon ! Ça m'est sorti de la tête
HA HA HA
HÉ HÉ HÉ
...
JE PEUX PEUT-ÊTRE ESSAYER DE POSER LA QUESTION SUR LE TON DE LA PLAISANTERIE ...
OUI, COMME ÇA ...
TIENS
JE T'AI GARDÉ DE LA GELÉE AU PAMPLEMOUSSE
C'EST SUPER APPÉTISSANT ! MERCI !
Trop beau !
ALLEZ ...
L'AIR DE RIEN ...
HMM ! ♡
LÉGÈREMENT ACIDE, J'ADORE ♡
...
...
NON, CE SERAIT VRAIMENT TROP PITOYABLE... JE LAISSE TOMBER
DIS-MOI, ALICE ...
TU SEMBLES AVOIR PASSÉ LA SOIRÉE D'HIER ENFERMÉE DANS TA CHAMBRE, JE ME TROMPE ?

...
EST-CE QUE JE DEVRAIS LUI DEMANDER OÙ ELLE ÉTAIT HIER ?
J'AI ENVIE DE SAVOIR ...
MAIS J'AI PEUR QU'ELLE ME TROUVE INSISTANT
MIOM
MIOM
ELLE N'A PAS L'AIR DE VOULOIR EN PARLER ...
Merci pour ce bon repas ♡
Succulent !
Qu'est-ce qu'il y a pour le dessert ? ♡

Black Rose Alice
CHAPITRE 16

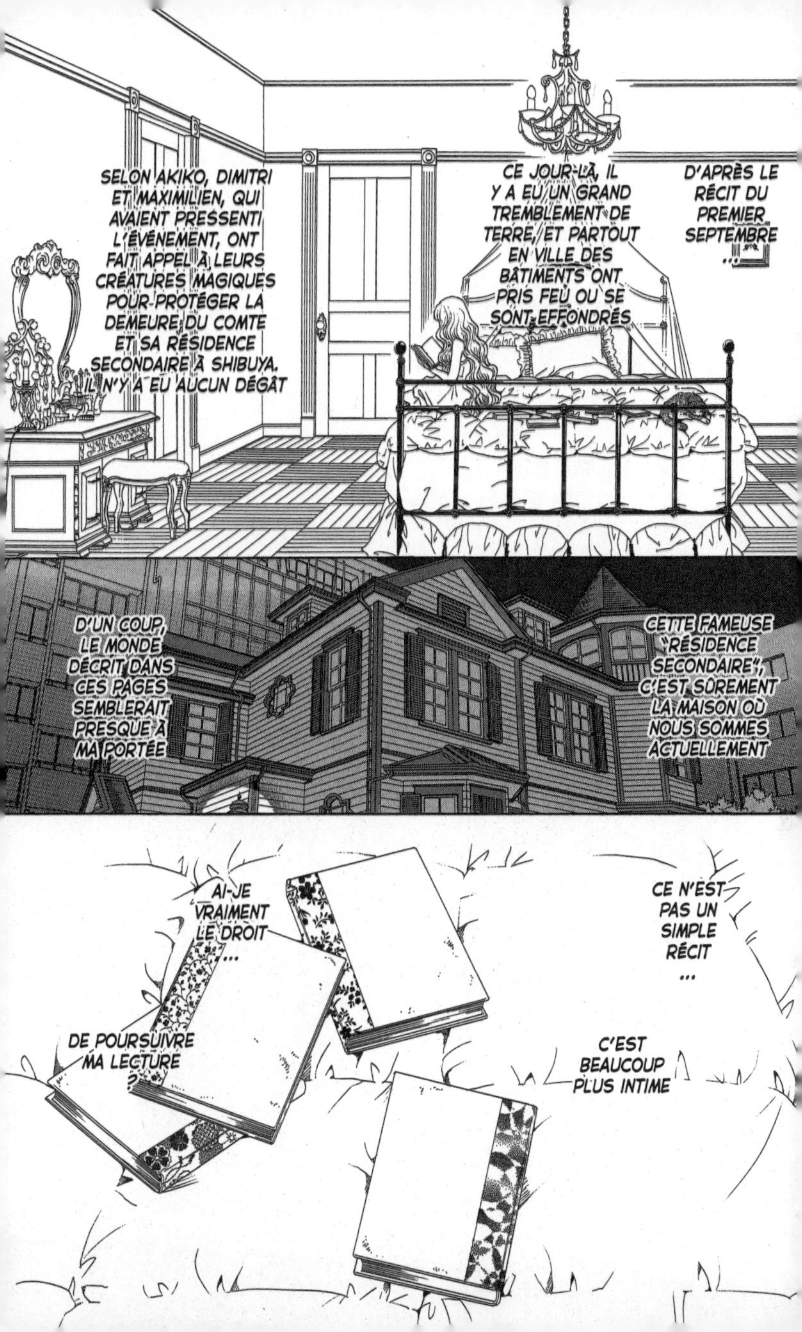
D'APRÈS LE RÉCIT DU PREMIER SEPTEMBRE...
CE JOUR-LÀ, IL Y A EU UN GRAND TREMBLEMENT DE TERRE, ET PARTOUT EN VILLE DES BÂTIMENTS ONT PRIS FEU OU SE SONT EFFONDRÉS
SELON AKIKO, DIMITRI ET MAXIMILIEN, QUI AVAIENT PRESSENTI L'ÉVÉNEMENT, ONT FAIT APPEL À LEURS CRÉATURES MAGIQUES POUR PROTÉGER LA DEMEURE DU COMTE ET SA RÉSIDENCE SECONDAIRE À SHIBUYA. IL N'Y A EU AUCUN DÉGÂT
CETTE FAMEUSE "RÉSIDENCE SECONDAIRE", C'EST SÛREMENT LA MAISON OÙ NOUS SOMMES ACTUELLEMENT
D'UN COUP, LE MONDE DÉCRIT DANS CES PAGES SEMBLERAIT PRESQUE À MA PORTÉE
CE N'EST PAS UN SIMPLE RÉCIT...
C'EST BEAUCOUP PLUS INTIME
AI-JE VRAIMENT LE DROIT...
DE POURSUIVRE MA LECTURE ?

Je lui ai dit que je ne me sentais pas bien, lui demandant de ne pas entrer. Il a répondu qu'il comprenait et m'a souhaité de me rétablir vite avant de laisser derrière lui une assiette de raisin.
Quand j'ai entendu la porte se refermer et ses pas s'éloigner dans le couloir, mon malaise s'est accentué.
Je ne savais plus quoi penser...
Le soir, à l'heure du dîner, même si je n'avais pas très faim, j'ai quitté ma chambre. Aussitôt, Dimitri s'est précipité vers moi.
Il m'a demandé comment je me portais et je lui ai répondu d'une voix faible que j'allais bien.
Il a alors caressé mes cheveux, puis m'a attirée vers lui avec tendresse...
À ce moment précis, j'ai cru entendre mon cœur se briser.
FLAP

静寂館
shijima-kan
THE HERMIT
LE LENDEMAIN, AKIKO S'EST VISIBLEMENT ENFERMÉE DANS SA CHAMBRE...
Je me reposais quand Dimitri est venu toquer à la porte de ma chambre...
J'en ai eu le souffle coupé.

OUI ...
JE COMPRENDS, MAINTENANT
CES MOTS ...
ÉTAIENT POUR ELLE
C'EST À AGNIESZKA QU'ILS ÉTAIENT DESTINÉS

jamais
il n'ou
son cœ
une au
femme
il conti
d'éprou
envers e
très fort
sentime
JE TIENS À TOI, ALICE

Maximilien m'a confié...
qu'elle était la seule personne que Dimitri ait aimée dans sa vie précédente...
et que, même après des décennies...
il continuait d'éprouver pour elle de très forts sentiments.
Je pense que jamais plus...
il n'ouvrira son cœur...
à une autre femme.

je suis tombée amoureuse de lui...
Je suis amoureuse de Dimitri.
Mais quand j'ai vu l'expression sur son visage, j'ai compris...
qu'au fond de lui, il était déjà épris d'Agnieszka.

AGNIESZKA ...
Dimitri l'a fixée longuement du regard.
Pour la première fois, il m'était impossible de dire s'il était heureux ou triste.
Est-ce que c'est comme ça...
qu'un homme est censé regarder une femme ?
D'un coup, j'ai senti mon cœur se serrer...
Je n'avais plus la force de sourire.
C'est ridicule, mais...

DANS SON JOURNAL, AKIKO ÉVOQUE AUSSI LA PROCESSION D'INSECTES DURANT LE SOMMEIL DES VAMPIRES
JE NE SAIS PAS SI C'EST PARCE QU'ELLE N'ÉTAIT ENCORE QU'UNE ENFANT, OU À CAUSE DE L'INFLUENCE DE SON PÈRE, UN ORIGINAL …
MAIS ELLE SEMBLE S'Y ÊTRE FAITE TRÈS VITE, MALGRÉ LA SURPRISE DU DÉBUT
ELLE NOTE SIMPLEMENT QU'ELLE TROUVAIT MIGNON LA FAÇON DONT TOUTES CES PETITES BÊTES DÉFILAIENT AVEC DÉTERMINATION
PAS MOI
une future entomologiste, sûrement
MALGRÉ MES BONNES RÉSOLUTIONS, JE N'AI PAS LA MÊME CAPACITÉ D'ADAPTATION …
DIMITRI ! VENEZ VOIR !
Katsue a enfilé un yukata à dame Agnieszka.
Comme elle repose sur le dos, elle a noué sa ceinture sur le ventre.
Elle était ravissante !

Pour toute réponse, Dimitri m'a souri gentiment.
Je me demande si dame Agnieszka se réveillera un jour...
Elle est si belle, on dirait une poupée !
Maximilien a pris l'habitude de peigner d'une main visiblement experte...
les magnifiques cheveux d'Agnieszka, qui brillent d'un reflet cuivré.
Quand je lui ai demandé si elle était la sœur de Dimitri...
il m'a répondu que non, avant de me donner plus de précisions sur leur relation.

Sa voix est si douce, si paisible...
Plus je l'écoute, plus j'ai l'impression de sombrer...
CESSEZ CES FORMALITÉS, MADEMOISELLE AKIKO
C'EST À NOUS DE VOUS MONTRER DU RESPECT, PAS L'INVERSE
Pour moi, Dimitri et Maximilien sont comme des êtres féeriques venus d'un monde fantastique.
Je ne peux pas m'adresser à eux avec familiarité.
Et puis je me doute que si je me montrais trop impolie envers Dimitri...
Maximilien en serait très irrité.
Alors...
je leur ai proposé de m'adresser à eux avec les mêmes égards que s'ils étaient mes grands frères.

Mais ils leur allaient à merveille !
D'AILLEURS, TOUT CE QUI VIENT DU JAPON EST TRÈS À LA MODE
J'AVAIS MOI-MÊME UNE COLLECTION DE MASQUES
DES MASQUES ?
JE N'AVAIS JAMAIS APPRIS À METTRE UN KIMONO JUSQU'À PRÉSENT
CHEZ MOI, ON LES PORTE UN PEU À LA MANIÈRE D'UNE ROBE DE CHAMBRE
VRAIMENT ?
OUI, ON LES ENFILE AU SAUT DU LIT. SOIT À MÊME LA PEAU, SOIT PAR-DESSUS UN SOUS-VÊTEMENT
CEUX DU THÉÂTRE NÔ
DES VISAGES DE DÉMONS, DE FEMMES ...
QUELLE HORREUR !
J'AURAIS TROP PEUR D'AVOIR DES MASQUES DE CE GENRE ACCROCHÉS DANS MA CHAMBRE !
C'EST JUSTEMENT DE LÀ QU'ILS TIRENT TOUT LEUR CHARME
ILS RENFERMENT UNE LÉGÈRE NOTE D'ÉPOUVANTE ...
C'EST SI BEAU
Dimitri parle un japonais impeccable.
Même si ses créatures magiques y sont pour beaucoup, la façon de manier les mots est tout de même importante.
C'EST VRAI
Dimitri est l'élégance incarnée.
Il s'exprime avec aisance, presque de manière chantante...

DIMITRI DOIT MAÎTRISER TOUT UN TAS DE TECHNIQUES, LUI
IL EST DOUÉ POUR MANIPULER LES GENS
JE NE SUIS PAS SÛR QU'ALICE APPRÉCIE CE GENRE DE PERSONNE …
PEUT-ÊTRE QU'ELLE LE CONSIDÈRE COMME UN "BON MÂLE" MALGRÉ TOUT …
PFF …
C'EST QUOI …
"UN BON MÂLE", AU JUSTE ?!
QU'EST-CE QU'IL FAUT FAIRE POUR EN DEVENIR UN ?
DANS SON JOURNAL INTIME …
AKIKO CONTINUE DE DÉCRIRE SON QUOTIDIEN AVEC LES VAMPIRES À TRAVERS TOUT UN TAS DE SCÈNES TRÈS VIVANTES
OUAH
Aujourd'hui, pour la première fois, Dimitri et Maximilien ont enfilé des costumes traditionnels !
Ils étaient un peu courts pour eux. Je n'ai pas pu me retenir de rire !

Je ne sais pas si je m'y habituerai un jour...
J'ai l'impression que mon cœur pourrait s'arrêter à tout instant, à force de tambouriner dans ma poitrine !
HUHU
TOU-CHANTE, CETTE AKIKO
ALORS C'EST COMME ÇA QUE DIMITRI A FINI PAR INTÉGRER LA FAMILLE DU COMTE IZUMIKÔJI ...
静寂館
shijima-kan
ALICE NE VIENDRA PAS ...
JE SUIS VRAIMENT TROP NUL AVEC LES FILLES
"Manger un sorbet" !... C'est plus une enfant
TU EXAGÈRES. TON INVITATION ÉTAIT TOUT À FAIT... NORMALE
"NORMALE" ?!
BANALE, TU VEUX DIRE. SANS INTÉRÊT, C'EST ÇA ?
Non, c'est pas ce que ...
ELLE A DÛ ME TROUVER ENNUYEUX ...
MAIS IL FALLAIT BIEN QUE JE TENTE QUELQUE CHOSE

LE JOURNAL DÉCRIT ENSUITE LE MIRACLE QUI S'EST PRODUIT LE LENDEMAIN
COMMENT LE COMTE DÉCOUVRIT, SUREXCITÉ, QU'IL MAÎTRISAIT TOUT UN TAS DE LANGUES NOUVELLES
LA FAÇON DONT IL SE MIT À HURLER DES MOTS QUE PERSONNE D'AUTRE QUE LUI NE COMPRENAIT, DÉCLARANT QU'IL ÉTAIT DEVENU UNE TOUR DE BABEL VIVANTE
APRÈS CET ÉPISODE, LE COMTE EST TOTALEMENT TOMBÉ SOUS LE CHARME DE SES INVITÉS
C'EST AINSI QU'IL LEUR A OUVERT LES PORTES DE SON FOYER
Père se comporte étrangement ces derniers temps. Dimitri et Maximilien se retrouv souvent seuls avec lui le bureau.
Si je m'attendais à vivre un jour sous le même toit que des vampires !
Dimitri est venu se présenter à moi, un genou à terre.
ENCHANTÉ DE VOUS RENCONTRER ...
MADEMOISELLE AKIKO
Quelle grâce ! Quelle élégance !
Quand mes yeux se plongent dans les siens, je me sens comme... aspirée...
à tel point que mon premier réflexe est de détourner le regard...

JE VOUS DEMANDE DE FAIRE PREUVE DE COMPASSION ENVERS LES ÊTRES INSOLITES QUE NOUS SOMMES
JE RESTE AUJOURD'HUI PERSUADÉ QUE NOTRE RENCONTRE À VIENNE N'ÉTAIT PAS FORTUITE ...
QU'ELLE ÉTAIT LE RÉSULTAT D'UNE FAVEUR DIVINE
Père leur a demandé de repasser le lendemain. De mon côté, je suis restée pour voir...
ce qu'il allait faire du hanneton qui lui avait été confié.
Il l'a observé...
durant de longues minutes, qui sont devenues des heures...
un air particulièrement grave sur le visage.
Puis...

ACCEPTERIEZ-VOUS ...
DE NOUS AJOUTER À VOTRE COLLECTION ?
AIDEZ-NOUS À NOUS INSTALLER ICI, AU JAPON ...
DE FAÇON DURABLE
DONNEZ-NOUS LA FORCE D'Y PLANTER NOS RACINES ET D'Y PROSPÉRER
BIEN ÉVIDEMMENT, EN ÉCHANGE ...
VOUS POURREZ, À LOISIR, VOUS SERVIR DE NOUS POUR VOS EXPÉRIMENTATIONS
SI NOUS SOMMES ICI, C'EST QUE NOUS SOMMES RÉSOLUS À SATISFAIRE LE MOINDRE DE VOS DÉSIRS

SI VOUS ACCEPTEZ, VOUS CONSTATEREZ PAR VOUS-MÊMES ...
QU'IL NE S'AGIT PAS D'UN TOUR OU D'UN QUELCONQUE ARTIFICE
JE VOUS DONNE SIMPLEMENT L'OPPORTUNITÉ ...
D'ÉPROUVER LE POUVOIR DE CES ÊTRES QUI VOUS ONT TOUJOURS FASCINÉ
CES QUINZE DERNIÈRES ANNÉES, NOUS AVONS SILLONNÉ LE MONDE ENTIER
NOTRE OBJECTIF ÉTAIT D'ÉTENDRE NOS CONNAISSANCES, DE FAIRE DE NOUVELLES EXPÉRIENCES ...
MAIS IL EST GRAND TEMPS POUR NOUS DE NOUS ÉTABLIR ET DE BÂTIR NOTRE PROPRE NID
POUR CELA, NOUS AURONS BESOIN D'ALLIÉS ...
D'HUMAINS QUI NOUS COMPRENNENT, OU PLUTÔT... QUI NOUS ACCEPTENT TELS QUE NOUS SOMMES
J'AI PARCOURU LE GLOBE ET ÉVALUÉ CHACUNE DE NOS OPTIONS ...
MAIS VOTRE NOM, MON CHER COMTE, NE CESSAIT DE ME REVENIR EN TÊTE
JE SAVAIS QUE VOUS ÉTIEZ NOTRE SEULE ISSUE ...

POUR UN CHANTEUR D'OPÉRA, IL EST NÉCESSAIRE D'APPRENDRE DE NOUVELLES LANGUES SI L'ON VEUT POUVOIR INTERPRÉTER DES PIÈCES VENUES DES QUATRE COINS DU MONDE
MAIS JE DOIS POUR CELA REMERCIER LE MARQUIS MEYER ET L'ENSEIGNEMENT QU'IL M'A PRODIGUÉ
SI VOUS LE SOUHAITEZ, MONSIEUR LE COMTE ...
JE SERAIS RAVI DE VOUS PRÊTER CE HANNETON
JE VOUS PROMETS QU'APRÈS UNE BONNE NUIT DE SOMMEIL ...
VOUS PARLEREZ QUINZE NOUVEL-LES LANGUES À LA PERFECTION. TOUT CE QUE VOUS AVEZ À FAIRE, C'EST L'AVALER
CERTES, J'AI DIT QUE CETTE PETITE CRÉATURE AVAIT POUR FONCTION PREMIÈRE D'ASSIMILER LE LANGAGE DE SON HÔTE ...
MAIS ELLE OBÉIT ÉGALEMENT À LA MOINDRE DE MES VOLONTÉS
FAITES-MOI CONFIANCE, JE LUI DONNERAI L'ORDRE DE PARTAGER AVEC VOUS TOUTES SES CONNAISSANCES

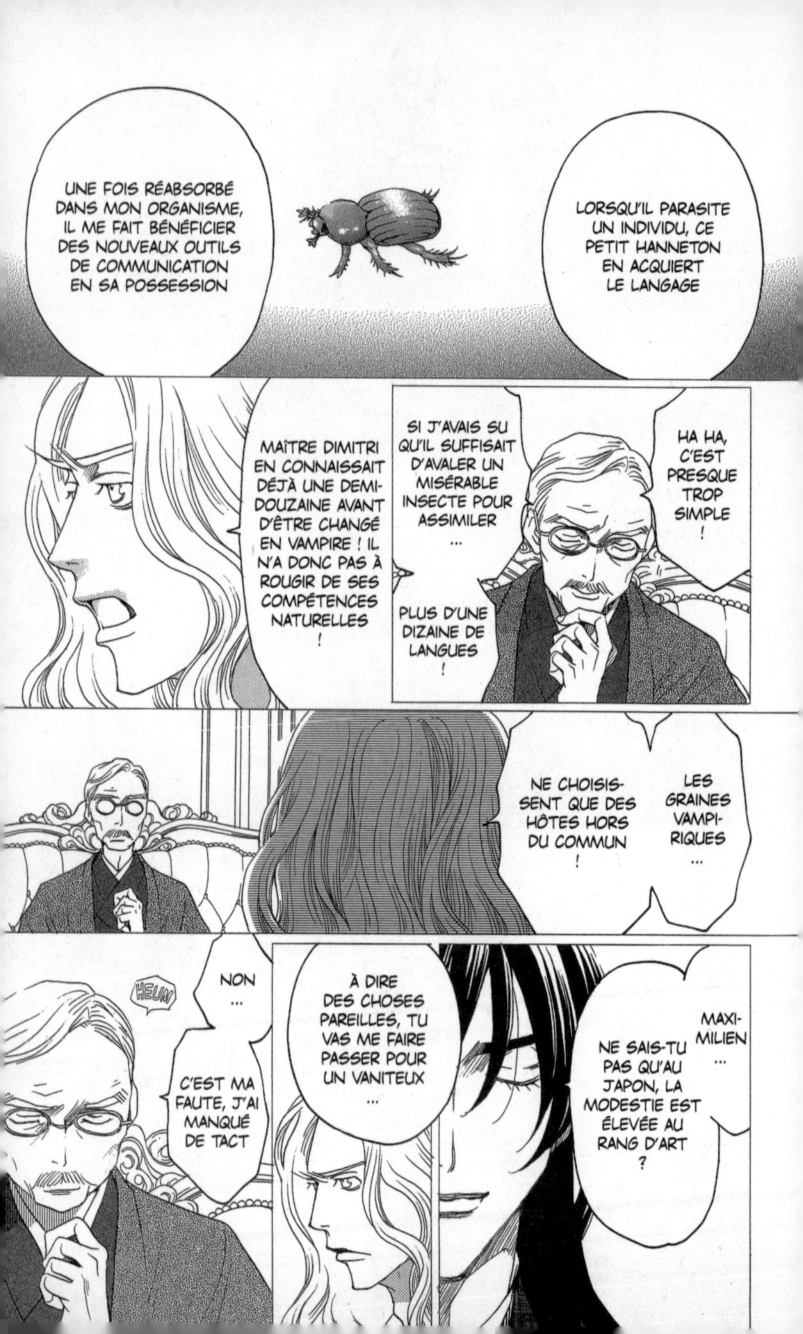

LORSQU'IL PARASITE UN INDIVIDU, CE PETIT HANNETON EN ACQUIERT LE LANGAGE
UNE FOIS RÉABSORBÉ DANS MON ORGANISME, IL ME FAIT BÉNÉFICIER DES NOUVEAUX OUTILS DE COMMUNICATION EN SA POSSESSION
HA HA, C'EST PRESQUE TROP SIMPLE !
SI J'AVAIS SU QU'IL SUFFISAIT D'AVALER UN MISÉRABLE INSECTE POUR ASSIMILER ...
PLUS D'UNE DIZAINE DE LANGUES !
MAÎTRE DIMITRI EN CONNAISSAIT DÉJÀ UNE DEMI-DOUZAINE AVANT D'ÊTRE CHANGÉ EN VAMPIRE ! IL N'A DONC PAS À ROUGIR DE SES COMPÉTENCES NATURELLES !
LES GRAINES VAMPIRIQUES ...
NE CHOISISSENT QUE DES HÔTES HORS DU COMMUN !
MAXIMILIEN ...
NE SAIS-TU PAS QU'AU JAPON, LA MODESTIE EST ÉLEVÉE AU RANG D'ART ?
À DIRE DES CHOSES PAREILLES, TU VAS ME FAIRE PASSER POUR UN VANITEUX ...
HEUM
NON ...
C'EST MA FAUTE, J'AI MANQUÉ DE TACT

AH ...
AKIKO !
JE T'AI DEMANDÉ DE MONTER DANS TA CHAMBRE !
OUI ...
Impos-sible...
je devais absolument en voir plus !
VOUS AVEZ TOUT À L'HEURE RELEVÉ MON HABILETÉ LINGUISTIQUE
POUR NOUS FONDRE DANS LE MONDE DES HUMAINS, NOUS DEVONS DÉPLOYER DES EFFORTS CONSIDÉRABLES
SACHEZ QU'AVEC L'AIDE DE MES FAMILIERS, J'AI APPRIS LE JAPONAIS EN À PEINE UNE JOURNÉE
JE MAÎTRISE AUJOURD'HUI PLUS DE SEIZE LANGUES, À COMMENCER PAR L'ALLEMAND ...
LE FRANÇAIS, L'ITALIEN, L'ANGLAIS ET J'EN PASSE

J'étais incapable d'en croire mes yeux !
En un instant, l'instrument s'était transformé en une jeune fille !
QUEL EST CE TOUR DE MAGIE ?!
VOICI SA VÉRITABLE APPARENCE
BIEN QUE PLONGÉE DANS UN ÉTERNEL SOMMEIL, CETTE PERSONNE VIT TOUJOURS
COMME NOUS NE POUVIONS DÉCEMMENT PAS LA PORTER AINSI À LA VUE DE TOUS ...
JE ME SUIS SERVI D'UNE DE MES CRÉATURES MAGIQUES
CE PHASME A LA CAPACITÉ DE CRÉER DES ILLUSIONS
GRÂCE À LUI, JE PEUX MODIFIER MON ENVIRONNEMENT. PAR EXEMPLE ...
TLONG

Comme s'il ne pouvait pas croire à ce qu'il venait d'entendre...
père pressa Dimitri de questions.
Ce dernier répondait avec minutie à chacune de ses interrogations, un doux sourire sur le visage.
Son serviteur, l'air légèrement irrité, se contentait d'observer silencieusement.
Il devait sûrement être gêné de voir son maître...
subir un interrogatoire pareil.
C'est là que le plus incroyable se produisit...
LAISSEZ-MOI VOUS PRÉSENTER L'ÉTENDUE DES POUVOIRS DE MES FAMILIERS
OBSERVEZ BIEN L'ÉTUI À VIO-LONCELLE QUE TRANSPORTAIT MAXIMILIEN ...

IL SE TROUVE QUE J'AI QUELQUE CHOSE À VOUS MONTRER. QUELQUE CHOSE... QUE VOUS SAUREZ RECONNAÎTRE À SA JUSTE VALEUR
D'AUTHENTIQUES VAMPIRES, EN CHAIR ET EN OS
...
DES VAMPIRES ?
TOUT À FAIT
VOUS LES AVEZ DEVANT VOUS
J'avais déjà entendu parler de ces créatures...
dormant le jour dans des cercueils et chassant la nuit à la recherche de sang humain...
Mais n'étaient-ils pas censés s'embraser au contact des rayons du soleil ?

SI J'AI TRAVERSÉ LES MERS POUR VENIR JUSQU'ICI, MONSIEUR LE COMTE ...
C'EST UNIQUEMENT POUR IMPLORER VOTRE BONTÉ
MA BONTÉ ?
COMMENT CELA ?!
PARDONNEZ-MOI ENCORE UNE FOIS CET APLOMB
MAIS DANS LE MÊME TEMPS ...
JE VIENS VOUS ENTRETENIR DE QUELQUE CHOSE QUI DEVRAIT VOUS PLAIRE
VRAIMENT ?
MONSIEUR ...
JE CROIS ME SOUVENIR QUE VOUS COLLECTIEZ DES DOCUMENTS DU MONDE ENTIER PARLANT DE REVENANTS ET DE POSSESSIONS
OUI ...
C'EST UN DE MES TRAVERS, EN EFFET
LE MARQUIS MEYER M'AVAIT D'AILLEURS CONFIÉ UN DE SES OUVRAGES, UN VRAI TRÉSOR
AS-TU DES NOUVELLES DE LUI ? DE SON FILS ?
...
ÊTES-VOUS TOUJOURS PASSIONNÉ PAR CES SUJETS ?
OUI ...
C'EST LE CAS
VOUS M'EN VOYEZ RAVI

MAIS CETTE HISTOIRE REMONTE À PLUS DE VINGT ANS ...
QUEL ÂGE CELA TE FAIT-IL ?
QUARANTE ANS RÉVOLUS, J'IMAGINE ?
TU NE SEMBLES ...
PAS AVOIR PRIS UNE RIDE
Des visiteurs étrangers venaient parfois nous rendre visite...
mais je n'avais jamais vu d'invités si étranges...
ET TU PARLES UN JAPONAIS PARFAIT, MA FOI !
JE NE TE CONNAISSAIS PAS UN TEL TALENT
TU SEMBLES PARTICULIÈREMENT VERSÉ DANS LES LANGUES, DÉSORMAIS
CERTES ...
J'AI ÉTUDIÉ SANS RELÂCHE DEPUIS NOTRE DERNIÈRE RENCONTRE ...
MAIS PASSONS ...
JE M'EN VOUDRAIS D'ABUSER DE VOTRE PRÉCIEUX TEMPS
J'AIMERAIS EN VENIR AUX FAITS, SI VOUS LE PERMETTEZ

JE ME SOUVIENS !
C'EST LE JEUNE CHANTEUR QUE J'AI RENCONTRÉ À LA RÉSIDENCE DU MARQUIS MEYER, À VIENNE !
UN HOMME D'UNE BEAUTÉ ENVOÛTANTE ...
DOIS-JE LE FAIRE ENTRER ?
JE VAIS LUI OUVRIR MOI-MÊME !
SI JE M'ATTENDAIS À CE QU'IL VIENNE AU JAPON ...
COMTE IZUMI-KÔJI
Père a appelé l'homme aux cheveux noirs "Dimitri". Je l'ai à peine entraperçu...
CELA FAISAIT LONGTEMPS ...
mais il m'a coupé le souffle !
PARDONNEZ L'IMPERTINENCE DONT J'AI FAIT PREUVE EN ME PRÉSENTANT DIRECTEMENT CHEZ VOUS SANS Y ÊTRE CONVIÉ
MAIS JE ME FAISAIS UNE TELLE JOIE DE VOUS REVOIR EN PERSONNE
DIMITRI ...
DIMITRI LEWANDOWSKI ...
EN EFFET
COMMENT AURAIS-JE PU T'OUBLIER ...
TU AS CHANTÉ DU PUCCINI À L'ANNIVERSAIRE DE MON ÉPOUSE. ELLE ÉTAIT RAVIE
ELLE EST MÊME TOMBÉE SOUS TON CHARME !
C'EST TROP D'HONNEUR

Il y avait un homme aux cheveux noirs, que père dit avoir rencontré à l'époque où il allait en Autriche...
et son serviteur, dont les cheveux ont la douce couleur des dunes. Père les a laissés entrer chez nous.
Ils sont si beaux... Ils ne peuvent pas être de ce monde, c'est impossible.
NOUS AVONS UN VISITEUR ?
OUI, UN CERTAIN DOMI... DORMITRI ...
PARDON ?
IL DIT AVOIR CHANTÉ À L'ANNIVERSAIRE DE MADAME, À L'ÉPOQUE OÙ VOUS VOUS RENDIEZ RÉGULIÈREMENT EN AUTRICHE ...
OH ! MAIS OUI ...
!?

"Telle que je te connais, Akiko, tu vas certainement t'en lasser au bout de trois jours !", m'a-t-il dit sur un ton moqueur.
Je refuse de lui donner raison, alors je vais continuer d'écrire !
FLAP
...
EFFECTIVEMENT, PLUS RIEN APRÈS LE TROISIÈME JOUR ...
AH, SI !
ELLE REPREND D'UN COUP
"LE 19 MARS" ...
Si tard ?!
Le 19 mars
Aujourd'hui, nous avons des invités venus de l'étranger. Ils n'ont absolument rien d'humain, c'est sûr. D'ailleurs, je les crois volontiers quand ils affirment être d'authentiques vampires !

1er janvier
1923
Père m'a
offert ce carnet
en guise
de journal
intime.
Mai 1923
Père, Dimitri,
Maximilien et moi

ais pas ~
ien pourquoi,
s Dimitri se
endre un m
plaisir à me
taquiner.
DO
DOM
...
TU SAIS, ALICE ...
TU DEVRAIS T'INTÉRESSER SÉRIEUSEMENT À REIJI
IL N'EST PAS TRÈS DOUÉ AVEC LES MOTS, MAIS C'EST QUELQU'UN DE GENTIL ET HONNÊTE
IL PEUT MÊME SE MONTRER ASSEZ SÛR DE LUI, PARFOIS
D'AIL-LEURS, TU ...
En-volée

CLAC
ATTENDS, CE SERAIT PAS …
MAIS SI ! UN VIEUX KIMONO !
LES MOTIFS RAPPELLENT UN PEU LA BELLE ÉPOQUE …
J'adore !
TU CROIS QUE J'AURAIS LE DROIT DE LE PORTER ? IL PREND LA POUSSIÈRE, ICI …
POURQUOI PAS
MÊME SI, ENCORE UNE FOIS, CE N'EST PAS À MOI …
J'espère que les mites l'ont épargné
EN CE MOMENT …
C'EST AVEC KAI QUE JE ME SENS LE PLUS À L'AISE
JE NE ME SENS PAS OBLIGÉE D'ÊTRE TOUT LE TEMPS SUR MES GARDES, AVEC LUI …
C'EST SANS DOUTE PARCE QU'IL N'A ENCORE RIEN TENTÉ AVEC MOI
JE NE DEVRAIS PAS …
FUIR AINSI MES RESPONSABILITÉS, AUPRÈS DU SEUL HOMME DE CETTE MAISON QUI ACCEPTE DE N'ÊTRE QU'UN AMI
APRÈS CE QUI S'EST PASSÉ AVEC LÉO …
JE DOIS PRENDRE MON RÔLE PLUS AU SÉRIEUX
TIENS ?
UN JOURNAL INTIME !
IL EST EN PLUSIEURS VOLUMES
FLAP
FLAP
QUI A BIEN PU L'ÉCRIRE ?

JE N'AI PAS LE DROIT DE ME LAISSER ALLER COMME ÇA
JE DOIS RESTER CALME ET COMPOSÉE ...
JE SUIS LA REINE DE CE NID, SON PILIER ...
C'EST À MOI DE VEILLER À SON ÉQUILIBRE ...
KAI ?
QU'EST-CE QUE TU FAIS ?
HMM ?
JE DÉPLACE JUSTE UN PEU DE VAISSELLE
JE PENSAIS M'EN SERVIR AU CAFÉ
Y A PAS MAL DE PIÈCES UNIQUES RANGÉES ICI
AH, JE VOIS, C'EST UN DÉBARRAS !
La pièce était toujours fermée
J'adore les antiquités ♡
ÇA TE DÉRANGE SI JE JETTE UN ŒIL ?
NON, PAS DU TOUT. RIEN DE CE QUI EST ICI N'EST À MOI, MAIS ...
ça m'étonnerait que Dimitri s'y oppose

C'ÉTAIT QUOI CETTE EXPRESSION SUR LE VISAGE DE DIMITRI ?!
"DU SORBET ?"
"EST-CE ÇA SUFFIRA POUR QU'ELLE MORDE À L'HAMEÇON ?"
JE L'EN-TENDS D'ICI ...
...
MÊME SI JE SUIS FLATTÉE DE L'INTÉ-RÊT QUE ME PORTE OU-VERTEMENT REIJI ...
SA FRANCHISE ME MET UNE PRESSION SUPPLÉMEN-TAIRE SUR LES ÉPAULES
ET LE REGARD PLEIN DE SOUS-ENTENDUS QUE ME LANCE RÉ-GULIÈREMENT DIMITRI ...
NE FAIT RIEN POUR ALLÉGER CE POIDS
PARCE QUE JE T'AIME, ALICE
JE TIENS À TOI, ALICE

D'ACCORD
JE FERAI UN SAUT AU CAFÉ, SI J'AI LE TEMPS
TU AS DÉJÀ QUELQUE CHOSE DE PRÉVU ?
OUI
SI ON VEUT ...
UN RENDEZ-VOUS ?
NON, JE ...
JE PENSAIS FAIRE UN BRIN DE MÉNAGE DANS MA CHAMBRE ...
AH ...
J'AI BIEN ESSAYÉ DE FAIRE BONNE FIGURE ...
DE CRÉER UNE ATMOSPHÈRE IDÉALE POUR ME RAPPROCHER D'EUX ET APPRENDRE À LES CONNAÎTRE ...
C'ÉTAIT VRAIMENT TRÈS BON
MERCI ENCORE
MAIS JE ME RENDS COMPTE QU'AU CONTRAIRE, JE N'AI FAIT QUE CRÉER DE LA DISTANCE ENTRE NOUS, AU POINT QUE ...
DÉSORMAIS, LE CLIMAT EST TRÈS TENDU

FLAP
DIS, ALICE ...
TU VAS FAIRE QUOI, AUJOURD'HUI ?
EUH ...
HIER, J'AI PRÉPARÉ DU SORBET À LA CERISE POUR NOS CLIENTS ...
TU VEUX VENIR LE GOÛTER ?
À LA CERISE, VRAIMENT ?!
ÇA DOIT ÊTRE DÉLICIEUX ...

C'EST MON CŒUR QUE JE SONDAIS ...
À TRAVERS VOUS
ALORS ? COMMENT ÉTAIT CETTE TARTE AU CITRON ?
EXCELLENTE !
J'AI TOUJOURS EU UN FAIBLE POUR LES AGRUMES
HA HA !
JE LE SAVAIS !

MAXI-MILIEN ?
QUE FAIS-TU DANS MA CHAMBRE ?
RIEN ...
DÉSOLÉ DE VOUS IMPORTUNER
TU VEILLAIS SUR BRADLEY ?
OU PEUT-ÊTRE... SUR ALEXANDRA ?
NON
ABSOLUMENT PAS
JE NE FAISAIS QUE VOUS OBSERVER DURANT VOTRE SOMMEIL, C'EST TOUT
... EN FAIT ...
CE N'EST PAS TOUT À FAIT VRAI

Black Rose Alice
CHAPITRE 15

SOMMAIRE

Azusa Kikukawa

Enseignante au lycée. Après un grave accident, son âme est transférée dans le corps d'Agnieszka.

Alice

Nouvelle identité d'Azusa, enfermée dans le corps d'Agnieszka. Future reproductrice du clan de vampires de Dimitri.

Tôko Narusawa

Autrice de romans. Léo l'a maintenue en vie grâce à ses pouvoirs.

Kai et Reiji

Jumeaux vampires nés des graines de Maximilien.

Lorsqu'elle se réveille dans le corps d'Agnieszka, elle découvre que quatre vampires l'attendaient. Devenue "Alice", et ayant accepté de porter les graines de l'un deux - celui qu'elle jugera le plus digne - elle entame une nouvelle vie. Léo lui fait des avances pressantes qu'elle finit par repousser, ne sachant pas que celui-ci se trouve déjà aux portes de la mort. Elle se reproche désormais de ne pas l'avoir immédiatement choisi...

Black Rose Alice

4

Setona Mizushiro

Black Rose Alice

Histoire & personnages

Dimitri Lewandowski

Ancien ténor de renom. Suite à un accident fatal, il s'est changé en vampire.

Léo

À quitté ce monde après avoir demandé à Dimitri d'engendrer à son tour.

Maximilien

Ancien serviteur de Dimitri, auss à l'origine de sa révélation.

Vienne, 1908. Alors qu'il vient de perdre la vie dans un tragique accident, Dimit sous la forme d'un vampire, ces êtres capables de parasiter des cadavres dont ils extraient les nutriments nécessaires à leur développement, à la m végétaux. Après avoir perdu tout espoir, et tournant le dos aux sentiments c elle, il tente de violer Agnieszka, mais celle-ci met fin à ses jours. Il emport lui son corps sans vie et quitte Vienne pour de bon.
Tokyo, 2008. Azusa Kikukawa, professeure dans un lycée, se retrouve terrible accident de voiture avec Kôya Ikushima, son élève. Pour sauver mort certaine, elle accepte d'offrir son âme à Dimitri qui apparaît à ses c